富安陽子 著
大庭賢哉 繪 王蘊潔 譯

時光彼岸的人魚島

人狐一家親 5

晨星出版

目錄

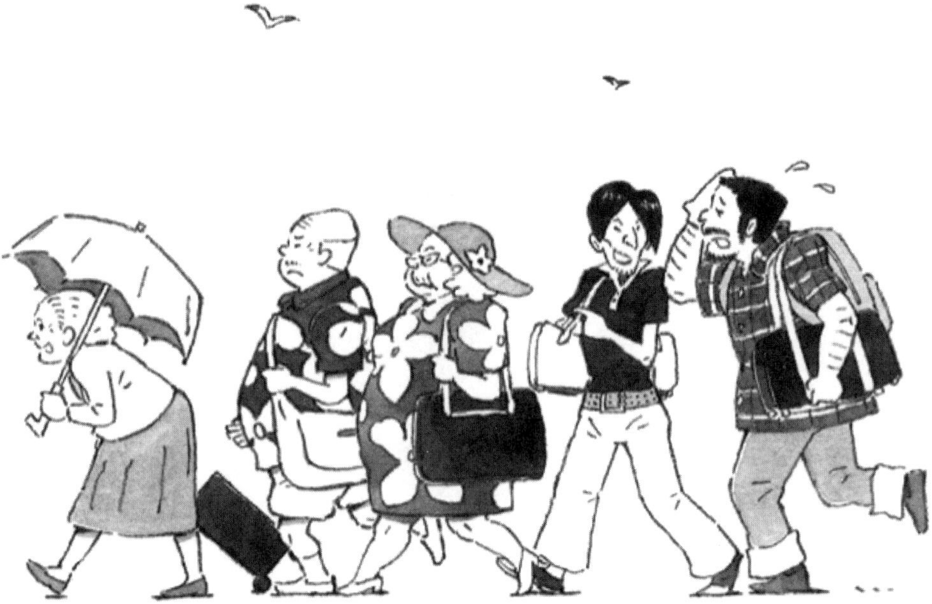

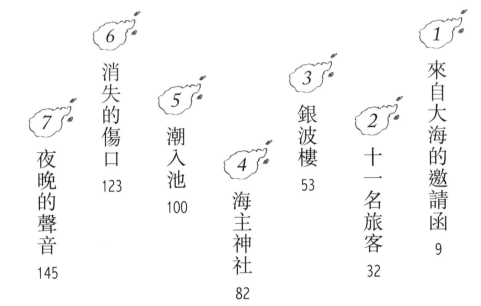

人狐一家親 5

CONTENTS

登場人物介紹

●**信田結**（小結）……信田家的長女，小學五年級學生，具備了可以聽到風之語能力的「順風耳」。

●**信田匠**（小匠）……小結的弟弟，目前是小學三年級學生，具有可以看透過去和未來的「時光眼」。

●**信田萌**（小萌）……家中的小女兒，具有可以傳達人類以外動物語言的「魂寄口」。

●**信田幸**（媽媽・阿幸）……不顧狐狸家族的反對，堅持和人類爸爸結婚的可靠媽媽。

●**信田一**（爸爸・阿一）……大學植物學教授，個性開朗溫柔。讓狐狸親戚感到頭痛的人物。

●**祝**（祝姨婆）……媽媽的阿姨，興趣是把不吉利的預言告訴別人。

●**夜叉丸**（夜叉丸舅舅）……媽媽的哥哥，自尊心很強，卻又吊兒郎當。是狐狸家族內的麻煩人物。

家族關係圖

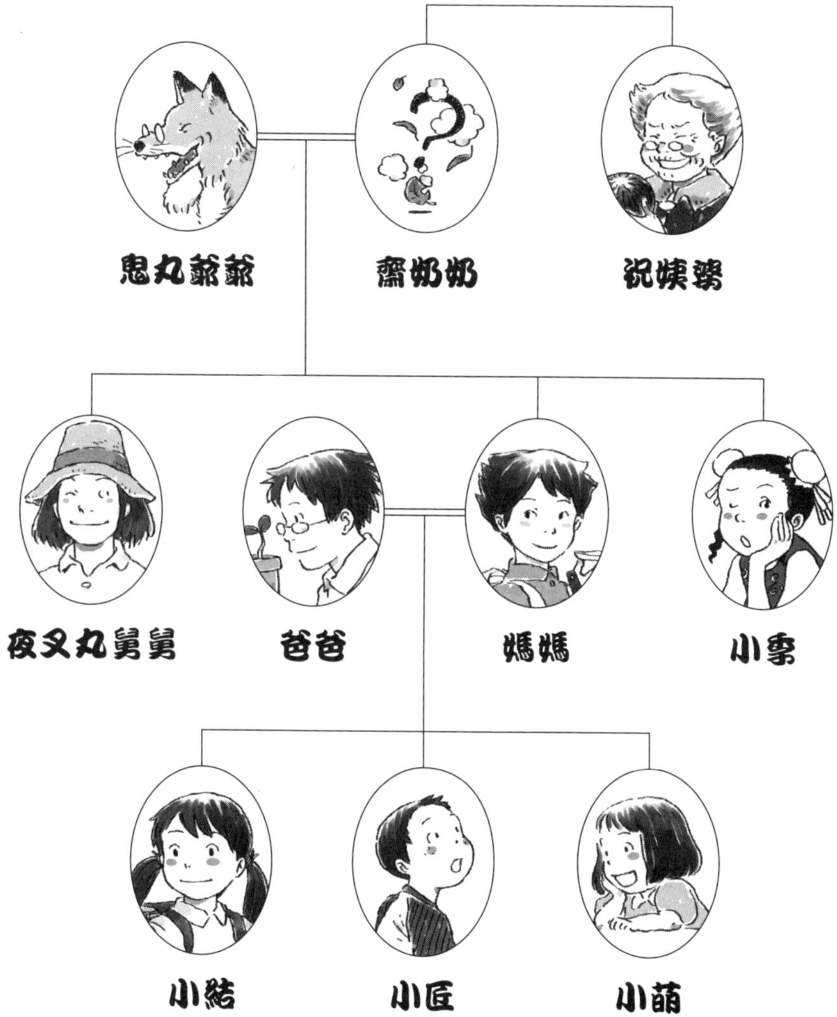

1 來自大海的邀請函

小結一家在四月的某個星期三，收到了那封邀請函。小結放學回家後，像往常一樣走進公寓的玄關，看了一樓的信箱，發現捆在廣告單和牛皮紙袋的信件中，混雜著一封漂亮的藍色信封。

小結從信箱把信拿出來後，視線落在淺藍色信封上寫的字。

信封上用工整的手寫字寫了「信田一先生敬啓」和地址，收件人姓名下方長方形框框內的文字吸引了小結的目光。

內有洞江島銀波樓飯店
三天兩夜旅行免費招待券

「太好了！抽中了！」

小結走往電梯廳走去的同時，興奮地嘀咕著。她知道為什麼會收到這封信。

幾個月前，她和媽媽一起去購物中心買東西時，曾經幫忙填寫了一份問卷調查。她記得當時購物中心的工作人員說：

「我們將會從填寫問卷調查的客人中，抽出五組客人贈禮，禮物是黃金週的旅行。」

一定就是那次！我做夢都沒有想到竟然會抽中，原來真的能中獎呢。

電梯終於下樓抵達，小結走進去後突然想到一件事，把藍色信封小心翼翼地拿到臉前。

小結有一個大祕密。不……其實不能算是小結的祕密，應該說，是小結家的重大祕密。小結是混血兒，而且是人類和狐狸的混血兒。小結的爸爸是人類，但媽媽的眞實身份是狐狸，所以小結、小結的弟弟小匠，還有妹妹小萌，身上都同時流著人類爸爸和狐狸媽媽的血。小結從狐狸家族繼承了名為「順風耳」的神奇能力，具有可以接收風之語——像是氣味、動靜、聲音和溫度等的敏銳感官。這就是順風耳的力量。

「……嗯，的確有大海的味道……有大海的味道……」

小結的敏銳感官嗅到了信封散發出遠方浪潮的味道。

「來自大海的邀請函啊……」

小結滿臉陶醉地說，臉上露出了笑容。在往五樓上升的電梯中，

她的心情開始雀躍起來。

黃金週假期快到了，又收到來自大海的邀請函。是佇立在藍色海浪間的小島度假飯店。

「……咦？」突然間，小結歪著頭納悶。

「我記得填寫問卷調查抽的不是去韓國玩三天兩夜嗎？」

她記得當時媽媽還開心地說：「到時候要帶韓國泡菜回來當伴手禮呢！」難不成頭獎是韓國，次獎是這個洞江島的旅行？

電梯到了五樓後緩緩停了下

來，小結在靜悄悄的電梯內，再次打量藍色信封，小聲嘀咕說：

「洞江島到底在哪裡？」

＊

搭了兩個小時的飛機後，再轉搭巴士，終於抵達南方的海港，這裡陽光燦爛，黃金週出遊的人潮湧現。

信田家的三個孩子——小結、小匠和小萌都是第一次來到這麼遠的地方旅行。……當然，之前不小心闖入五斗櫃抽屜中的神秘世界是例外，那應該也稱不上是旅行。

第一次搭飛機的小萌興奮得不得了，在巴士上，眼睛也瞪得圓圓的，欣賞著沿途陌生的風景，但在即將抵達目的地時，終於耗盡體力，睡得很香甜，目前正在爸爸的臂腕中做夢。

「媽媽，妳看！妳看那裡有賣鳳梨！」

小結指著海港入口的其中一個攤位歡呼起來。切成細長條的鳳梨插在竹籤上，排放在攤位前的冰塊上。

「媽媽！我們去買鳳梨！我肚子餓了！」小匠叫了起來。

「不是才剛在機場吃了午餐嗎？」

爸爸驚訝地皺起眉頭問。

「鳳梨是飯後甜點啊。」小結說。

「那就買一支！好不好！只買一支可以吧？」小匠說。

媽媽笑著注視著爸爸，爸爸一臉無奈地聳了聳肩。

「好吧，那就只買一支，大家一起分享，除此以外，什麼都不買。無論是冰淇淋、巧克力香蕉、玉米、烤蠑螺、可麗餅或是烤魷魚，通通都不買，說好囉！大家都不可以再被誘惑了。」

爸爸看著旁邊一整排攤位，給大家打了預防針。海港通往碼頭的路上，擠滿了攤位，人潮熙熙攘攘地，就像廟會一樣。其中有堆滿熱帶水果的攤位，還有烤肉串的攤位，周圍香味四溢。要在這種地方說好不要再被誘惑簡直是太難了。

「請給我一支鳳梨。」

媽媽把錢遞給老闆時，聽到爸爸在一旁問老闆叔叔：

「請問你知道要去哪裡搭往洞江島的渡船嗎？」

穿著白色汗衫的鳳梨老闆叔叔的臉被曬得黝黑，他稍微歪著頭反問爸爸：

「洞江島？」

老闆叔叔兩道濃眉下的眼睛盯著爸爸，然後問旁邊冰淇淋攤位的小哥：

「小哥，你知道洞江島嗎？」

「不，我不知道。」

小哥正在為客人做草莓口味和薄荷巧克力口味的雙球冰淇淋，冷酷地回答後，就把頭轉了過去。

「喔，那沒關係，我們去問遊客服務中心。」

媽媽接過鳳梨，慌忙說道。

鳳梨攤位的另一側是賣南北雜貨的攤位，原本在攤位上打瞌睡的老婆婆，突然抬起頭，緩緩動著嘴巴說：

「喔喔，那裡啊，就是海主島啊。」

「海主島？」

爸爸和媽媽互看著，小結和小匠也不自覺地看著對方，豎起了耳朵。老婆婆一雙擠在皺紋堆裡的小眼睛目不轉睛地盯著媽媽，喃喃地說：

「這一帶，沒有人叫那座島『洞江島』。因為那座島上有一個祭拜海主神的神社，所以從很久以前，大家就都叫那裡海主島。你們要去那裡嗎？」

「呃……是啊。」

媽媽點著頭，賣鳳梨的叔叔再次歪著頭說：

「是喔，原來洞江島就是海主島，但是太奇怪了，應該沒有船可以到那啊。」

「什麼？」

小結和小匠驚叫起來，爸爸和媽媽也都慌張起來。

「但是……，可是明明說這裡有船……」

爸爸結結巴巴起來。

「那座島上不是有一家飯店嗎？叫做銀波樓……，我們要去那家飯店。」媽媽緊接著追加說道。

這時，一群像是參加旅行團的阿姨來到攤位前，打斷了他們的談話，小結一家人從攤位前被擠開了。

大家走在海港的路上，輪流吃著冰得沁涼入骨的鳳梨。

ナップル

「感覺有點奇妙。」

爸爸把熟睡的小萌往上挪一些，小聲嘀咕著。

「都已經來了，該不會是一場夢吧？雖然這件事從一開始就好像很不眞實。」

小匠用大人的語氣插嘴說。

「不可能有這種事。」媽媽說。

「我打電話向飯店確認過，對方說沒有搞錯，還在電話中對我說『恭候您的光臨』。」

「但是……」這次插嘴的是小結。

「你們不覺得未免太幸運了嗎？通常塡寫問卷調查或是猜謎獎品是旅券的話，頂多是雙人住宿券，但是那家飯店竟然說『帶幾位家人同行都沒有問題』，招待全家住宿，連機票錢都幫我們出了……」

「都已經到了這個節骨眼，不要再說這種話。」

媽媽噘著嘴，瞪著小結說。

「我問了飯店，他們說這是五十週年紀念舉辦的活動，我說過了吧？他們還仔細地向我說明，是從老主顧中抽出五組客人，招待客人免費入住。妳當時聽了，不是也認為很合理嗎？還說『因為是五十年來的第一次，所以才這麼大手筆』。」

「我可是一開始就說很可疑喔！」

小匠得意地挺著胸膛說。

「因為飯店說要招待老主顧，我們從來沒有住過那家飯店，卻招待我們，不是太奇怪了嗎？」

小結看到小匠一臉居功的表情，換她反駁說：

「因為即使沒有住過那家飯店，只要在那家飯店連鎖的店裡買了什麼東西，然後簽了名的話，我們家的地址之類的資料，就會出現在名單上啊。所以他們才會知道爸爸的名字和地址……。爸爸，是不是這樣？」

小結看著陷入沉思的爸爸，想獲得他的肯定。而爸爸似乎有點心不在焉，模稜兩可地點了點頭。

「嗯……對……。總之，去遊客中心問一下就知道了。」

沒錯。那封邀請函的收件人是爸爸，而且對這趟旅行感到有興趣的人也是爸爸。爸爸得知可以去南方海洋的小島時，對那座島上的植物生態產生了濃厚的興趣。對於身為植物學家的爸爸而言，這也是理所當然的。爸爸的腦袋中，有一半的空間隨時都被蕨類之類茂密的植物占據。

當時也是爸爸做了「接受招待」的最終決定。而說到爸爸為什麼對出門旅行變得這麼積極？那就要說起媽媽的親戚祝姨婆了。祝姨婆很熱衷一些不倫不類的占卜，每次都會來信田家說一些不吉利的預言，這似乎變成了她生活的意義。

這次收到邀請函的隔天，祝姨婆也披著漆黑的斗篷忽然出現在信田家的客廳正中央，大聲宣布說：

「災難要來了！你們收到的那封信會為這個家帶來災難，就像潮水般湧來，同濤天大浪般襲捲而來！災難會降臨在你們身上！」

祝姨婆的身影在全家人面前消失的瞬間，媽媽就忍不住問：

「祝姨婆是怎麼知道邀請函的事？」

小結一臉不耐煩地聳了聳肩說：

「祝姨婆每次消息都特別靈通，我看就連ＦＢＩ也甘拜下風。」

小匠噗哧一聲笑了起來。

「既然她每次都只會說『會有災難降臨！』那她還不如乾脆不要占卜。」

「潮水用來是什麼意思？」小萌問。

爸爸突然對他們說：「那就去吧！」

「啊？」全家人都看著爸爸。

「如果我們決定不去，感覺就像是聽從了祝姨婆的勸阻。我們就去吧！如果不是有這樣的機會，我們也不可能全家人搭飛機去旅行，那就心存感激地接受邀請。」

因為爸爸的這句話，信田全家千里迢迢地來到了這裡，準備前往洞江島。

遊客中心的玻璃屋位在渡船碼頭售票機旁。

「人還眞多啊。」

爸爸隔著玻璃向屋內張望後，轉頭看著小結他們說：

「媽媽，小萌給妳抱一下，你們在外面等我，我去裡面問一下。」

「好。」

媽媽說完，把小萌接了過來。小結見狀，立刻抓著爸爸空出來的手說：

「我也要去。」

「我要在外面打電動。」

小匠說話的同時，已經從背包中拿出了遊戲機。

小結和爸爸推開遊客中心的門，排在櫃檯前隊伍的最後方。

「如果等一下這裡的人說沒有船去那裡，我們該怎麼辦？搞不好其他海港才有去洞江島的船。」

在排隊時，小結忍不住擔心地小聲問爸爸。

「別擔心，不會有這種事。我們是按照邀請函上的路線指引來到這裡的。」

爸爸的意見完全正確。輪到他們後，爸爸詢問身穿藍色制服的姊姊，要去哪裡搭前往洞江島的船時，姊姊笑容可掬地在櫃檯上攤開了渡船碼頭的地圖。

「今天前往洞江島的臨時渡船會在十三號碼頭出發。下午兩點半是唯一的一班，所以麻煩注意不要遲到。」

站在爸爸身旁的小結終於鬆了一口氣。

那位姊姊拿著手上的紅鉛筆，在地圖上畫了記號，口齒流利地對他們說：

「這裡就是你們目前所在的遊客中心，走出遊客中心後左轉，一直往前走。十二號碼頭是『環島觀光船』的碼頭，十三號碼頭就在十二號碼頭的後方，就是這裡。」

姊姊最後畫了一個很大的紅色圓圈把十三號碼頭框起來，再把地圖遞給爸爸。

爸爸一邊接過地圖，一邊問：

「請問……妳剛才提到今天是臨時渡船，所以並不是每天都有渡船嗎？」

「嗯？」

姊姊歪著頭。

「並不是每天都有往洞江島的渡船嗎？」

「對……沒錯，並不是每天都有。」

姊姊說話時稍微帶了一點鄉音，而且臉上的笑容也消失了。可能是因為爸爸問了工作手冊以外的問題，她臉上的笑容開關被切掉了。

「但是……洞江島上不是有一家飯店嗎？為什麼沒有定期渡船？飯店的客人要怎麼辦？」

爸爸繼續追問。

「這個啊，」姊姊有點不知所措地稍微想了一下才開口回答說：「因為那家飯店很少有客人入住……，飯店只有在有客人的時候，會和我們聯絡，我們就會安排臨時渡船。如果客人的人數不多，就請他們搭環島觀光船，中途在洞江島下船。」

姊姊僅解釋到這，便對著小結身後的叔叔說：「下一位。」

「果然有點不太對勁。」

走向地圖上標記的十三號碼頭時，爸爸皺起眉頭嘀咕著，但是爸爸以外的家人，心都已經飛向浮現在海浪之間的南方島嶼。

小萌睡醒了，又機靈地央求爸爸抱她，然後瞪大眼睛看著蔚藍的大海。

通往渡船碼頭的路旁是防波堤，海浪打在消波塊上的聲音不絕於耳，參雜著海水味道的風吹拂過人群，路旁椰子樹的葉子在燦爛的陽光下閃閃發光。小結住的地方離夏天還很遙遠，但這裡已經是夏天了，好像只有這裡的季節被快轉了。

「找到了！就在那裡！」

小匠看到了十三號碼頭的標誌，興奮地叫了起來。

但是，當他們來到碼頭時，原本期待的心情被不安的影子籠罩。

「……這裡嗎？」

小結停下腳步，環顧著空蕩蕩的渡船碼頭。

和剛才經過的其他渡船碼頭相比，十三號渡船碼頭可以說是格外冷清。

首先，碼頭上完全沒有旅客，而且，停在碼頭的船隻也很小，十個人就會把渡船塞滿。

渡船繫在水泥岸邊，岸邊有四張藍色長椅，一個看起來像是渡船船長的叔叔坐在角落的長椅上抽著菸。

信田家一行人走在一起，戰戰兢兢地走向那艘小船。

除了寫有「十三」的標識以外，完全看不到任何顯示渡船前往目的地的文字，於是爸爸向坐在長椅上的叔叔搭話：

「請問前往洞江島的船是在這裡搭乘嗎？」

船長叔叔坐在長椅上，悠哉地對著海風吐了一口煙，轉頭看著他

13

們說：

「對，對啊。」

船長叔叔說完這句話，不耐煩地從長椅上站了起來，拍了拍穿著長褲的屁股，把菸蒂丟進了腳邊的空罐內。

接著，他又露出好像在掂分量的眼神，打量著小結他們一家人。

「洞江島又叫做海主島嗎？」

媽媽用開朗的聲音問船長叔叔。

「剛才聽說這一帶的人都稱它為海主島，而不是洞江島。」

「嗯，對啊。」

船長叔叔點了點頭。

「因為有祭拜海主神的神社，所以島上的人都這麼叫。」

「海主是誰？」

被爸爸抱在手上的小萌問，船長叔叔看著小萌，露出了一絲笑容。

「海主神就是大海的神明，原本那座島的山上有一個名叫『臂塚』的小小的墳塚，於是治理這一帶島嶼的島主就在臂塚上建了一座神社，祈禱航海平安。聽說以前島上的漁業很發達，但在建了神社之後，島上的人幾乎都搬走了。因為那裡變成了大海之神的島嶼，所以就禁止漁民在附近的海域捕魚。」

「臂塚是什麼？」

小結問。船長叔叔的臉上終於露出了樂不可支的笑容，他神情愉悅地點了點頭，刻意壓低聲音說：

「臂塚下埋著人魚的手臂。聽說吃了人魚的肉可以長生不老，所以那座島自古以來就被稱為長生不老島。」

2 十一名旅客

小型渡船的狹窄船艙內在不知不覺中坐滿了人。信田家最先上船後，有三組客人陸續上了船。

上船的第二組客人是一對年邁的夫妻，這兩位老人家都像大福般胖乎乎。

渡船上，沿著船艙周圍放了一排椅子，固定在牆壁上。那對爺爺和奶奶占據了四個人的座位，張開雙腳，舒服地坐在那裡。他們瞥了早一步上船的小結一家人，即使小結他們主動點頭打招呼，他們也沒有理會，一屁股坐在座位上後，就把頭轉到一旁。

「感覺好討厭。」

小結小聲地說，被媽媽用眼神制止了。

第三組客人則完全不同，熱熱鬧鬧地上了船。

「咦？這艘渡船怎麼那麼小？這麼小的渡船去外海沒問題嗎？」

這個又瘦又黑的叔叔一走下舷梯，就驚訝地叫了起來。他穿了一件黑色Polo衫和米色休閒褲，繫著的皮帶有一個很大的皮帶頭，肩上掛了一個名牌行李袋。

「喔喔，你們好，你們好。」他語氣開朗地向小結一家人和大福夫妻鞠躬，在船艙最後方的座位坐了下來。

「喂，後藤！這裡，這裡！」

不一會兒，看起來像是這個叔叔的朋友——另一個叔叔從舷梯上走了下來。這個叔叔身材結實，滿臉落腮鬍，穿著格子襯衫和牛仔

褲，滿頭大汗，在黑色Polo衫叔叔身旁坐了下來，然後拿出小毛巾用力擦著臉，完全不看周圍的人。黑色Polo衫叔叔在這期間也繼續一個人滔滔不絕。

「啊呀，天氣眞熱啊，這根本已經是夏天了。咦？渡船還不出發嗎？是幾點出發來著？各位要去哪裡啊？……哎呀！對喔！這艘渡船是往洞江島，大家都是去那裡。

……也就是說這艘船上的所有人，都是要去銀波樓的客人……」

Polo衫叔叔用開朗的語氣說完

後，露出打探的眼神打量著船艙內的乘客。

「……咦？」

小結突然察覺一件事，忍不住歪著頭納悶。然後輕輕甩了甩頭，用力深呼吸，試圖讓腦袋清醒。

「……啊……果然……」

媽媽發現了小結的動靜，好奇地問她。

「怎麼了？」

「順風耳有點失靈了。」

小結悄悄地告訴媽媽。

「和附近有雷雲時的感覺很像……。當雲靠近時，敏銳度就會變得超級差，現在就和那種感覺很像，沒辦法順利捕捉到風的聲音。無論聲音、動靜還是氣味，全都很模糊……」

媽媽聽了之後，隔著船艙的窗戶，抬頭看著藍色的天氣說：

「沒有看到那種雲……，但是……該不會是因為來到大海的關係。」

「為什麼？」

小結反問媽媽。

「因為有海浪的聲音和海水的氣味，和平時的環境完全不一樣，所以失常了？應該很快就適應了。……或是回家後就正常了，不要太在意。」

「是嗎？」

小結一臉鬱悶的表情嘀咕著，剛才坐在長椅上抽菸的渡船船長突然走進了船艙，然後立刻開始計算船艙內的人數。

「一、二、三、四、五、六、七、八、九。還少了兩個人。」

船長瞥了一眼手錶嘟囔著之際，舷梯上傳來女人的聲音。

「對不起，我們來晚了。」

船長挪開了原本擋住入口的身體，頭髮兩邊梳了辮子的姊姊從舷梯上下來，走進了船艙。

「奶奶，可以嗎？」

那個姊姊轉頭看向後方問道，一個駝背的矮小老奶奶抓著扶手，緩緩地走下舷梯。她年紀很大，頭髮也全白了。和這位奶奶相比，大福夫婦顯得年輕多了。

「打擾了。」

老奶奶走下舷梯後，很有禮貌地在入口鞠了一躬後，才走進

船艙。梳了辮子的姊姊牽著奶奶的手，兩人相視而笑。

這個姊姊好像是奶奶的孫女，她們笑起來的樣子實在是驚人地相似。

「這位客人，可不可以挪一下你們的行李？」

船長指著大福夫妻放在座位上的行李，直接了當地命令道。

大福夫婦一臉不悅地把行李放在地上，騰出了一個座位。

「小萌，過來爸爸這裡，爸爸讓妳坐在特等席上。」

爸爸把跪在座位上看著窗外的小萌抱了起來，放在自己的腿上，於是又騰出了另一個座位。

「不好意思。」

那位姊姊和老奶奶向周圍人鞠著躬，輕輕地在大福夫婦和信田家中間的位置上坐了下來。

「那就出發了。」

船長看到十一名乘客全都在船艙就座後，對大家說了這句話，走去甲板上的駕駛艙。

不一會兒，引擎聲發出轟鳴聲，渡船離開了岸邊，緩緩駛了出去。船頭轉向南方，調整好方向後，就加快了速度。引擎發出了更大的聲音，渡輪就好像在海浪上滑行般，駛向洞江島。

這時，黑色Polo衫叔叔突然開了口。

「請問各位都是受到銀波樓邀請的客人嗎？」

媽媽眨了眨眼睛，和爸爸互看著，然後遲疑地點了點頭。

「……呃，是啊，我們家是這樣啦……」

「我也收到了邀請函。」辮子頭姊姊也跟著回答。

「那你們兩位呢？」

黑色Polo衫叔叔看向大福夫婦。大福先生露出明顯不耐煩的表情看著叔叔，用很不高興的語氣回答說：

「是啊，有什麼問題嗎？」

叔叔沒有回答大福先生的問題，點了點頭說：

「是嗎？果然各位都是受到邀請的客人，但是，我記得邀請函上寫著『從老主顧中抽出五組客人招待入住』，那還有另一組客人呢？」

沒有人能夠回答這個問題，所以大家都陷入了沉默。

黑色Polo衫叔叔環顧安靜的船內，改變了話題。

「對了，這麼說來，既然是老主顧，就代表各位之前就曾經多次入住銀波樓，對嗎？」

叔叔最先看向媽媽，媽媽一臉為難地搖了搖頭說：

「……其實……不瞞你說，我們從來沒有住過那家飯店，這次是我們的第一次。」

「這樣啊……」叔叔瞇起眼睛，打量著小結一家，然後看向辮子頭姊姊。姊姊面對叔叔無言的發問，開口回答說：

「我是第二次，只不過上次我是一個人去那裡住宿，覺得那家飯店很棒，所以收到邀請函，我就和奶奶一起來了。」

「啊？妳一個人……」

叔叔露出看起來很意外的表情。

「恕我失禮，請問妳幾歲啊？」

這個叔叔真的很沒禮貌。小結心想。

因為大家都是第一次見面，他竟然追根究底地對每個人問一大堆問題。

姊姊當然露出了不開心的表情，冷冷地回答說：「二十一歲。」

她綁的兩條麻花辮讓她看起來比實際年齡更加年輕。

「喔，這樣啊，我還以為妳是高中生呢。」

叔叔完全不在意自己惹姊姊不開心了，又接著改問大福夫婦：

「你們呢？是第幾次入住呢？」

大福先生終於怒氣沖沖地說：「你也太沒禮貌了！你有什麼權利問這種問題？」

沒想到叔叔看到大福先生怒火沖天，也完全不以為意，嘿嘿笑著說：「扯到權利就太誇張了……，只不過問一下這是您第幾次住銀波樓而已嘛。其實啊，我也是第二次，之前只來過一次而已。各位難道不覺得奇怪嗎？飯店說『招待老主顧入住』，但受到邀請的都是只有住過一次，或是根本沒來住過的人。……所以？到底是怎麼樣？你是銀波樓的老主顧嗎？」

「不，這次也是我的第二次……」

大福先生不情不願地回答，叔叔激動地叫了起來：「看吧！我就覺得很奇怪，在收到邀請函的時候，很納悶為什麼招待只住過一次的我？我當時以為只是我剛好走運而已，沒想到大家都一樣，甚至有人連一次都沒去住過……」

叔叔看向小結一家人，又瞇起了眼睛，然後陷入了沉思嘀咕說：

「為什麼要招待我們？飯店為什麼挑中了我們……？」

「邀請函上不是寫了，是五十週年紀念嗎？」

即使大福先生認眞地回答，但叔叔並不接受這答案。

「既然是迎接了五十週年的老飯店的話，照理說，一定有許多從以前就經常入住的老主顧對吧！但在這之中，飯店只招待我們這些新客人，怎麼可能有這種事？」

「沒什麼可能不可能的，事實就是我們受到邀請來這裡，這沒什麼好糾結的。」大福先生說完，大福太太也在一旁同聲附和似地點著頭。

不知道叔叔有沒有聽到這句話，他又一動也不動地陷入了思考，然後似乎突然想到了什麼，再次開了口。

「對了，有好幾位都是第二次來住宿。你們是什麼時候第一次入住？很久以前嗎？還是最近？」

「我是去年八月中元節期間來的。」辮子頭姊姊回答。

「我們是去年九月連假的時候。」大福先生說。

「太驚訝了。」黑色Polo衫叔叔環顧船艙，似乎覺得很有趣。

「我是去年七月底來的。……所以，這次受到邀請的所有客人

……不，不好意思，先排除那些從來沒有入住過的人，其他人都是去

年七月至九月期間，短短三個月期間，僅僅住過那家飯店一次的人。你們認為這純屬巧合嗎？」

「究竟是巧合，或者不是巧合，這種事我可不知道，如果你有意見，不來不就沒事了嗎？而且如果你眞的這麼在意這件事，那就不要問我們，直接去問飯店啊。」

大福先生說完這句話，抱起手臂，把頭轉向一旁，閉上了眼睛。

「感覺不太對勁。」

小結聽到正在和坐在大腿上的小萌玩指相撲的爸爸小聲地嘀咕，

「妳有沒有不祥的預感之類的？」

媽媽聽了之後皺起眉頭說：

「你不要講這種像祝姨婆會說的話。今天天氣晴朗，風平浪靜，陽光燦爛，我們正搭渡輪前往南方島嶼渡假，要想一些開心的事。」

「嗯……，也是，反正我的預感向來都不準，即使擔心也沒有用……」

「快看！小萌壓住了爸爸的手指！」

小萌興奮地叫了起來。

「快看！快看！一、二、三、四、五、六、七、八、九、十！小萌贏了！」

小匠從剛才就一直沉迷在電動的世界。因為和爸爸媽媽講好了，在島上期間，必須把遊戲機關掉，所以他似乎打算趁現在玩個痛快。

一頭白髮的矮小老奶奶正在打瞌睡。黑色Polo衫叔叔的同伴——落腮鬍叔叔則早已睡著了，發出了鼾聲。

船艙內終於有了片刻的安靜，只聽得到海浪聲中混著引擎的聲音。

小結感到心神不寧。雖然不至於像爸爸那樣，但不知怎麼地，有點忐忑不安。隨著渡船乘著海浪在海上行駛，這種不安感覺越來越強烈。

小結想要搞清楚這種連自己都搞不清楚的不安到底是怎麼回事，於是再次專心地豎起了順風耳。

果然還是不行，敏銳度變得很差，幾乎聽不到風聲。媽媽說的沒錯，一定是受到了海水的味道和海浪聲的影響，還有渡船燃料的刺鼻味道也大有影響！

小結悄悄嘆了一口氣，看向船艙後方的窗戶。前一刻逗留的碼頭，已經消失在遠處波光粼粼的海平面彼岸。

之前聽爸爸說，要搭差不多一個小時的渡船，所以現在渡船距離洞江島的距離比碼頭更近。

小結這麼想著，將視線移向前方的窗戶，在茫茫大海上尋找島嶼的影子。

找了一會兒，島嶼現身了。原本出現在海平面上的小黑點轉眼之間變大了。渡船穿越海浪，迅速地朝小島接近。

隆起的小島看起來就像是一座浮在海面上的小山，當渡船靠近時，看到白色海灘圍繞的綠色小島，山腳下的樹林中，佇立了一棟氣派的洋房，俯視著海邊的沙灘。

「好漂亮！那棟洋房就是飯店嗎？」

媽媽問。

「哇哈！太豪華了。」

不知道什麼時候開始，小匠也把額頭貼著窗戶，注視著越來越近的島嶼。

「好像城堡！爸爸，好像城堡一樣！」

小萌興奮地在爸爸腿上搖晃著身體。

「看來那棟房子歷史很悠久，竟然能夠在海風中挺過半個世紀……」

午後透明的陽光將藍天下的洋房照得如夢似幻，耀眼的陽光在洋房周圍灑下很深的陰影，而在山腳下的樹林中的洋房，好像靜靜地注視著來客們。青銅屋頂上有兩根磚紅色煙囪。洋房前方有好幾根柱子，支撐著朝著海灘延伸的露台，露台後方白牆壁上的玻璃，在陽光的照射下閃閃發光。

渡船的船身緩緩靠近海岸邊的棧橋。

一個身穿西裝，看起來像是飯店工作人員的叔叔正滿面笑容地對著靠岸的渡船鞠躬。

船艙內的乘客都急忙地開始收拾東西準備下船。

前一刻還睡得很熟的落腮鬍叔叔俐落地扛起背包，從另一個黑色大袋子中拿出了相機。

「阿宮。」

他叫著黑色Polo衫叔叔。

2 十一名旅客

「要不要拍棧橋的照片？」

「喔，好啊。」

黑色Polo衫的阿宮點了點頭。

「還要從棧橋的角度拍一張飯店的全景照，別忘了還要拍人。」

「拍人？」

阿宮小聲地回答落腮鬍叔叔，小結聽得一清二楚。

「要拍下所有乘客的照片，拜託了！」

可疑的傢伙！

小結在內心嘀咕著，將視線從阿宮身上移開了。

大家開始下船了。乘客依序走上舷梯，從渡船的甲板來到棧橋上。出來迎接的叔叔向每一名乘客鞠躬。

大福夫婦走在最前面，抱著小萌的爸爸和小匠跟在他們身後，媽媽和小結緊跟在後。辮子頭姊姊和老奶奶走在最後。在爸爸把想要掙脫懷抱的小萌輕放在棧橋上時，小結注意到來迎接客人的叔叔一直看著爸爸的臉。**怎麼回事**？當小結感到納悶時，那個叔叔察覺到小結的視線，猛然回過神，向小結一家鞠躬。

「歡迎光臨，歡迎你們來到洞江島，辛苦了。」

小結也向叔叔鞠躬回應。

所有乘客都下船站在棧橋上，渡船又立刻掉頭駛回海港的方向。落腮鬍叔叔馬上不停地按著快門拍照，小結知道，叔叔假裝在拍風景，但也偷偷拍下了所有從船上下來的乘客身影。

可疑的傢伙！小結再次在內心嘀咕著。

「所有客人都到齊了，我帶各位去飯店。」

聽到飯店叔叔這麼說，站在棧橋上的人邁開了步伐。

3 銀波樓

後來才知道，在棧橋上迎接小結和其他客人的飯店人員，是銀波樓的經理。原本以為經理都是上了年紀，很嚴肅的人，但這個人年紀並不大，也沒有很嚴肅。他個子不高，看起來很親切，和爸爸的年紀差不多。

這個叔叔把下了渡輪的一行人帶到飯店大廳後，再次對著他們深深鞠了一躬。

「歡迎各位來到銀波樓。

我是經理守屋壯吉，今年是本飯店五十週年，這次邀請了五組多年來惠顧本飯店的客人來到洞江島，作為五十週年的紀念活動。飯店也為各位準備了特別料理，敬請期待。

因為畢竟這座島嶼很偏僻，所以難免會有招待不周之處，但還是希望各位能夠在這裡好好放鬆。如果有任何事，歡迎隨時告知本飯店的工作人員。」

站在大廳的飯店工作人員此時都一同深深鞠躬。

就在經理說完歡迎詞，那個叫阿宮、身穿黑色Polo衫的叔叔果然就用滑稽的姿勢舉起了手。

「我有問題！您剛才說，為了紀念飯店五十週年，邀請了五組客人，可是剛才的渡船只載了四組客人。」

經理笑著點了點頭說：

「另一位客人已經搭早上的船來飯店了。」

爸爸和媽媽忍不住互看了一眼，小結內心也不禁感到納悶。

『咦？』不是只有一班臨時渡輪開往洞江島嗎？

「上午的渡輪？」阿宮問經理。

「對……，上午有一班定期觀光船會經過這座島附近，於是我們就請那艘觀光船把客人送來這裡。看起來是我們的作業疏失導致那位客人的飛機比各位早三個多小時抵達。……我們接到那位客人在碼頭打來的電話，立刻安排了觀光船讓她搭。」

經理向眾人說明完畢時，另一名客人剛好來到大廳。那個阿姨又瘦又矮，穿著米色麻質長褲和條紋絲質襯衫，挽起的頭髮在腦後綁成丸子頭。她可能出去散步後剛回到飯店，從玄關輕晃進來後，向聚集在經理面前的其他客人輕輕鞠了一躬，靜靜地站在窗邊。

阿宮毫不客氣地一直打量著這個新客人，突然露出笑容，再次向經理發問：

「請問你們是用什麼方法挑選出這次邀請的五組客人？我可不是『多年來惠顧銀波樓的客人』，所以感覺不太好意思呢。我只有去年來住過一次而已，剛才在一起搭乘渡船的人當中，也沒有所謂的老主顧。大家都是第二次來住宿，甚至有人是第一次。欸，妳呢？怎樣？請問是第幾次入住？」

站在窗邊的阿姨面對突如其來的問題也面不改色，甚至連眼睛都沒有眨一下。她雙眼直直地注視著阿宮，微微聳了聳肩說：

「這個啊……」阿姨說，「是第幾次入住來著呢。因為我來過很多次，所以從來沒有數過。」

阿姨好像自言自語般嘟噥的聲音很低，也有點模糊，不知怎麼地卻有一種震懾所有人的力量。

剛才滔滔不絕的阿宮聽了阿姨的回答後閉了嘴，經理滿面笑容地開口說道：

「本飯店將客人的資料都輸入電腦一併管理，這次從客人名單中隨機抽出了五位客人，和住宿次數完全無關，所以請各位放心。」

「……隨機啊……」

阿宮小聲嘀咕著，露出懷疑的眼神看著經理。大廳內陷入短暫的沉默。

就在這時，小結身上發生了一件奇怪的事。不知道哪裡吹來一陣風，吹動了大廳的空氣，原本有點失靈的順風耳聽到了奇怪的動靜。

「咦……？」

小結忍不住微微舉起手，東張西望著，想瞭解順風耳聽到的是什麼動靜，但是那個發出動靜的東西混入聚集在大廳的人群中，消失不見了。

是失靈的順風耳聽到的幻聽嗎？還是……？

站在有點不知所措的小結面前的經理語氣開朗地說：

「好，接下來將由我們帶各位去你們的房間。」

接著，經理輪流叫了五組受邀客人的名字，把房間的鑰匙交到他們手上。

「安福慶次郎先生、加代太太。」

小結聽到經理最先叫到的名字後，小聲對小匠咬耳朵說：

「那對好像大福的叔叔和阿姨叫安福欸，眞是太貼切了！」

經理把房間鑰匙交給大福夫婦。

「請你們搭電梯到二樓，走出電梯後，右側就是為你們準備的『浪靜』。」

「佐竹幸乃女士和綾乃小姐，妳們的房間是『浪靜』隔壁的『朝霧』。」

那位老奶奶和她孫女也拿到了房間的鑰匙。幸乃應該是那位綁辮子頭的姊姊的名字。

「宮田眞一先生、後藤誠二先生，你們的房間是二樓走出電梯後，左側深處的『潮聲』。」

第三把鑰匙交給了黑色Polo衫的阿宮和落腮鬍的後藤這組客人。

「內野千鶴子女士。」這是穿絲質襯衫的阿姨。

經理把鑰匙交給她時，深深地鞠了一躬說：

「讓您久等了，妳的房間是二樓左側第一個房間『濱風』。」

最後，當經理準備叫爸爸的名字時，阿宮在電梯門前呼喚著經理。

「經理！請看這裡！」

「什麼？」

經理抬頭看向聲音傳來的方向時，大廳內亮起了閃光燈。後藤對著經理按下了快門。守屋經理對著刺眼的燈光眨了眨眼睛，一臉呆滯的表情。阿宮笑著向他揮手。

「紀念照！紀念照！」

「可疑的傢伙！」

小結憤慨地小聲說道。

「信田一先生。」

守屋經理重新打起精神，叫了爸爸的名字。

「……幸太太、小結、小匠還有小萌，這裡登記了五位客人，以上資訊正確嗎？」

「對，我們有五個人。」爸爸點頭回答。

「不好意思，感謝飯店方面的盛情邀請，所以我們帶著全家人來一起參加了。」媽媽在一旁插嘴說。

「不會不會……當然要全家人一起來玩。」

守屋經理有點慌張地說著，為了讓媽媽不要多慮，搖了搖頭。

「無論帶幾位家人參加，我們都竭誠歡迎。……只不過……」

經理只說了「只不過……」幾個字，就把後面的話吞了下去。短暫的沉默令人很在意。

爸爸和媽媽互看了一眼，最後，爸爸戰戰兢兢地問：

「請問……是不是有什麼問題？」

「……對……不瞞你說，有一件事令我感到不解……」

「請問是什麼事？」

不安的爸爸這樣一問，經理似乎下定了決心，終於開口說：

「事情是這樣的，我們收到總部寄來這次招待客人的名單後，在住宿登記簿上確認了每位客人，這是為了確認總部的名單和登記簿上所登記的名字是否有出入，因為萬一搞錯客人的姓名或是住址，就未免太失禮了……」

「但是……我從來沒有入住過這家飯店，住宿登記簿上是不是沒有我的名字？」

爸爸插嘴問，經理停頓了一下，露出了思考的表情。

「……問題是……住宿登記簿上確實有信田一先生的名字。」

「……怎麼可能？」爸爸一臉錯愕地嘀咕，經理繼續說道。

「本飯店在為客人辦理入住手續時，都會將住宿登記單送去房間，請客人簽名，並填寫住址。我們會將這些住宿登記單按照日期裝訂成冊，作為住宿登記簿的底稿，然後將相關資訊輸入電腦，由總部進行管理。在底稿上的確有信田一先生的簽名，是去年八月十日入住本飯店。我也清楚記得當天的情況。」

「……怎麼會有……這麼荒唐…」

爸爸再度不安地和媽媽互看了一眼，小結和小匠也搞不清楚是什麼狀況，看了看爸爸，又看向經理。

「……只不過……」經理又開了口，「當時住宿的那位信田一先生，不好意思……和你這位信田一先生完全是不同的人。」

「不同的人？」媽媽歪著頭納悶。

「是爸爸的冒牌貨嗎？」小匠問。

「不同的人……到底……那個人是、什麼樣的人？」爸爸問。

「……這個……要怎麼說呢，那位先生的打扮令人印象深刻。他吃飯的時候，也一直戴著一頂寬簷帽，而且把帽子壓得很低，身上穿著好像探險隊的人在叢林裡穿的那種寬鬆短褲，和有很多口袋的背心，裡面穿了一件白色T恤。他說話很大聲，也很健談，他說他的職業是『冒險家』。」
「寬簷帽子？」小結嘀咕著。
「寬鬆的短褲？」媽媽皺起眉頭。
「說話很大聲，也很健談？」爸爸也嘀咕起來。最後，小匠大聲地說：
「他的職業是冒險家?!」
信田家所有人，就連小萌也和大家異口同聲地叫出了一個名字：
「夜叉丸舅舅！」
「咦？你們認識這個人嗎？」守屋經理看著他們，鬆了一口氣問：
「那麼，可以請你們說明一下嗎？為什麼這位夜叉丸先生要在住宿登記單上塡寫信田先生的名字？如果你們知道的話……」
「我不知道是什麼狀況。」爸爸立刻回答。爸爸被別人冒用名字，似乎有點不高興。

「雖然不太瞭解狀況，但可能是我哥哥……。夜叉丸是我的親哥哥。」經理聽了媽媽的回答，立刻露出懷疑的眼神說：「好稀奇的名字。是本名嗎？」

「啊啊……嗯……」媽媽結巴起來，信田家的人相互交換了眼神。

「沒錯。」最後是由爸爸回答，「我太太的娘家是有超過兩百年歷史的藥材批發行，每一代長子名字最後一個字都是『丸』這個字。」

「藥材批發行嗎？」

經理又問媽媽：

「不好意思，可以請教是哪一家店嗎？如果是歷史這麼悠久的批發行的話，一定頗有名氣……」

「沒有、沒有、沒有！」

媽媽堅決否認。

「完全沒有名氣！只是深山裡的小批發行……」

「但是，藥材批發行的長子，為什麼自稱是冒險家？」

經理會產生這樣的疑問很正常。媽媽用力深呼吸，努力讓心情平靜下來後才開口回答說：

「因為我哥哥不想繼承家業，於是就離家出走，一整年都在四處旅行，所以沒有固定的居住地。我想當飯店要求他在住宿登記單上填寫住址時，他就不加思索地填了我家的住址……。哥哥的通訊地址也的確是我家……。呃……我猜想他當時也不經意地填上了我丈夫的名字，可能他認為沒有太大的差別……。因為他這個人就很隨便……」

夜叉丸舅舅也只能填寫爸爸的名字和我們家的地址……小結暗想著。

因為身為狐狸家族成員的夜叉丸舅舅，根本沒有住家地址，也沒有名字。如果在住宿登記單上署名「夜叉丸」，飯店的人一定會覺得奇怪，更何況他的打扮就很怪異，本身看起來就很可疑了……

「原來是這樣……」經理點了點頭，陷入了沉思，他似乎還沒有完全釋懷。

「……眞傷腦筋。」爸爸嘆著氣說，「所以招待我們來住宿這件事，果然是搞錯了嗎？」

經理聽到這句話後，彷彿從夢中驚醒般抬起頭，一個勁地搖頭說：

「不是、不是，請不必擔心。如同我剛剛向宮田先生說明的，挑選招待住宿客人的基準，並不是根據住宿次數的多寡，也就是說，即使從來沒有入住過本飯店，也完全不重要。

住宿登記簿上有信田一先生的名字，總部的電腦挑中了這個名字，各位就是本飯店招待的重要客人。不好意思，剛才問了很多涉及隱私的問題。請各位充分享受三天兩夜的渡假行程。

好的，很抱歉讓各位久等了。這次為各位準備了別館的和室『渚』。因為就在一樓右側後方，就由我來帶各位過去。請你們把行李都放在這輛推車上。」

經理說完，推著裝了信田家行李的推車，走在最前面，走向別館。

銀波樓是一家豪華氣派的飯店，可以感受到已有五十年歷史的雅緻外觀，搭配最新的設備，整體不但寬敞，又有家庭式的溫馨氣氛。漂亮的木紋天花板，擦得很亮且帶有花紋的柱子。樓梯旁的扶手讓人很想從最高處一路滑下來，鋪在地上的長毛地毯保養得很周到，完全沒有老舊的感覺。大廳內放著柔軟蓬鬆的沙發，讓人很想坐下來休息。還有可愛的高腳椅，以及古董扶手椅，這一切配置都吸引著來這家飯店的人。天花板上掛著令人聯想到百合花束的水晶燈，貼了香檳色壁紙的牆上，也亮著許多小燈。

大廳的其中一側全都是寬敞的法式窗，窗外可以看到一片在午後陽光照射下昏昏欲睡的大海，和露台旁的棕櫚樹被海風吹得枝葉搖擺。

「六點之後，剛才大廳後方的大餐廳會供應晚餐，六點到八點，隨時可以去那裡享用晚餐，請在你們方便的時候前往。搭乘電梯到地下樓層就是浴池，分別有男、女各自的大浴場和露天浴池。」

「浴池在地下室嗎？」

小結小聲問媽媽，經理耳朵很靈，聽到了她說的話，笑了笑說：

「雖然稱為地下樓層，但並不是地下室。剛才從渡船停靠處走來飯店時，你們應該有看到比這棟本館更靠海邊的地方，有一棟長方形水泥建築物，那裡就是本飯店的大浴場，大浴場和本館在不同的地方，所以要搭電梯前往。而且，從大浴場沿著階梯往下走，就會走到眼前就是一片大海的露天浴池。

露天浴池很大，可以聽到海浪的聲音。尤其露天浴池看到的景觀是最棒的。一邊眺望著夕陽染紅的大海，一邊把身體泡在水質光滑的溫泉中，旅途的疲勞就會一掃而空。請各位務必在晚餐之前去享受一下。」

小結他們一家人走進名叫『渚』的客房，全都大吃一驚，呆站在門口。

這個房間——雖然是房間，但比小結的家來得更大。打開裝有安全鎖的房門，走進房間內，首先是差不多兩坪大的休息室，休息室後方是簡直可以稱為大廳的和室，和室還設有壁龕。和室旁是一間放了兩張床的西式房間。和室和西式房間外側的寬敞走廊上擺放了很有現代感的沙發和茶几，外面還有很大的木板平台。

「這裡……全都、都是我們的房間嗎？」

小萌抬頭看著爸爸和媽媽，一臉不可置信地問。

爸爸和媽媽互看了一眼，也只能點了點頭，他們看起來沒什麼自信。

「走出去站在平台上，就可以俯瞰海灘。」

經理說完，把茶跟和菓子放在矮桌上，留下了住宿登記單，就走出了房間。

「太棒了！」

房間內只剩下家人後，小匠在和室正中央躺成大字歡呼起來。

「竟然可以免費住這麼高級的飯店，簡直太棒了！我們要感謝夜叉丸舅舅！」

爸爸抱著雙臂，坐在矮桌前方軟綿綿的座墊上說：

「嗯，果然有一種奇妙的感覺。」

小結聽到爸爸的這句話，想起了一直懸在心上的事。

「我跟你們說……」

小結坐在矮桌前提道：

「剛才在大廳時，發生了一件奇怪的事……。大家都聚在一起聽經理說話時，我察覺到奇怪的動靜。」

「什麼奇怪的動靜？」小匠問。

小結下定了決心說：

「我感覺到有某種不是人類的東西……」

「某種不是人類的東西？」

小匠大吃一驚地問。

「某種東西是什麼東西？」

媽媽問，小結搖了搖頭說：

「不知道，我只有感受到一剎那。我的順風耳今天狀況很差，所以沒辦法清楚知道是什麼。……但是，那時候我感受到某種不是人類的東西就在人群中。」

「妳不要說這種可怕的事啦！」

小匠從榻榻米上坐了起來，抱怨道。

「難得沾夜叉丸舅舅的光，這家高級飯店免費招待我們來玩，我正感到很開心，覺得自己很幸運呢。」

「但是，我說的是事實啊……」小結嘟噥著回嘴。

爸爸開了口。

「到底那傢伙……不，我是說夜叉丸哥哥為什麼會來住這麼高級的飯店？」

「一定是幸運地挖到了什麼寶藏，所以就想大手筆地住在豪華飯店享受一下。」

媽媽在爸爸旁邊的座墊上坐了下來，喝了一口經理剛才泡的茶。

「或者是……」媽媽思考片刻後說，「……他是來這座島上挖寶？」

「挖寶？」

小匠好奇地從榻榻米上坐了起來。

「……剛才船長不是說了嗎？這座島上的傳說……。這座島上埋葬了人魚的手臂，只要吃了人魚的肉，就可以長生不老，夜叉丸哥哥想要來這裡找人魚肉也不意外。」

「哇，好噁心！」

小匠縮起了腦袋。

「幾百年前就埋在地下的人魚手臂還能吃嗎？」

「我也不知道。」媽媽聳了聳肩。

「但是據說吃了就能夠長生不老，可見人魚這種動物生命力很強，我曾經聽說人魚的肉不容易腐爛。」

「總之……」

爸爸露出嚴肅的表情，大口咬著配茶的小饅頭。

「有一件事很明確，那就是至今為止，只要是和夜叉丸哥哥有關的事，就沒什麼像樣的事。」

「我們去木臂平台！木臂平台！」

小萌拉著小結的手說。

「不是木臂平台，是木板平台。」

小結糾正了妹妹的發音後，打開了走廊上的玻璃落地窗。

潮溼的風立刻帶著海浪聲和帶著潮水香氣吹進了房間。海浪很溫和，持續以悠閒的節奏拍打著海灘。

「木臂平台！」

小萌完全沒有接受小結的糾正，大聲叫了起來，光腳衝到平台上。小結也穿上拖鞋，跟在她的身後。

她們來到平台邊緣，隔著欄杆往下看，發現一片白色的浪花在下方的沙灘上擴散開來。

「哇！是大海！海浪打過來了！」

小萌從欄杆的空隙向下方張望，發出了興奮的叫聲。

海風拂著小結的頭髮，吹向身後。小結用力深呼吸，放眼望去，海鳥在弧度平緩的海岸線遠方的海岬上方飛舞。海岬後方是長長的防波堤，不時有來自外海的大浪打在水泥牆上，濺起白色的泡沫。

眼前的景象也太和平、太平靜了。小結開始懷疑自己剛才聽到的風的動靜是不是做夢？之後好幾次都豎起了順風耳，但不像是人類的某種東西的動靜完全消失了。順風耳的狀況還是很差，無論站在海風中，還是在建築物內，幾乎無法發揮作用。

當時感覺到的動靜是幻聽嗎？還是幻覺？可能就是這種東西也說不定……。小結一邊這麼想著，一邊用力伸了一個懶腰，不經意地抬

3 銀波樓

頭仰望。

小結一家人住的銀波樓別館面對大海，位在本館的右側，站在別館房間前方的木板平台上回頭看向後方，是一片綠色的山。

小結看到有兩個人影沿著山路走向山上。大福夫婦正快步走在看起來像是親山步道的坡道上，走在前面的大福先生拿著像是長棒的東西。

登山杖嗎？小結這麼想的時候，陽光照在長棒上，長棒發出了冰冷的光。是金屬製的棒子。……那根長棒是什麼？

小結不由得感到好奇，定睛細看著。就在這時——。

她看到環繞在親山步道周圍的綠色樹林中，有什麼東西動了一下。

在大福夫婦數公尺身後的樹木陰影中，出現了穿著絲質條紋襯衫的阿姨。

……啊！是那個人！呃，她叫什麼名字？上野……？不對……啊！是內野！她叫內野千鶴子！剛才聽到她的名字時，就覺得是同班同學內內和好朋友小鶴的名字結合在一起，所以絕對沒有錯。她也要去散步嗎？

但是，如果是散步，內內阿姨的樣子很奇怪。她鬼鬼祟祟，都刻意沿著樹木或是灌木叢的陰影走在步道上。

簡直就像……沒錯，簡直就像在跟蹤大福夫婦！

小結在心裡吶喊著，再次看向走在親山步道前方的大福夫婦。這樣講起來，大福夫妻如果是要散步的話，也走太快了吧？而且他們完全沒有欣賞周圍的風景，也沒有交談，一個勁地走上山，簡直就像是被人。他們到底要去哪裡？為什麼要走那麼快？

內內阿姨為什麼要跟蹤他們？

小結站在海上飄來的海水香氣中，突然說出了爸爸剛才說過的話。

「果然，該怎麼說呢……不太對勁……，有一種，奇妙的感覺……」

海主神社

離傍晚還有時間，信田家所有人一致決定，要在晚餐之前去散步兩個小時。

雖然下了飛機後又搭船，大家都有點累了，但是都無法克制想要在流傳著人魚傳說的島上探險的好奇心。

守屋經理看到小結一家人經過櫃檯前，滿面笑容地問他們：

「你們要外出嗎？」

「對，我們打算散散步再回來。請問有沒有這個島的地圖之類的

東西？」爸爸問經理。

「有啊，這裡有，你們可以帶走。」

經理遞給爸爸一張印刷著插畫的地圖，爸爸接過地圖後「咦」了一聲。

「潮入池……。神社後方有池塘嗎？」

「對。」

經理點了點頭，探頭看著地圖，仔細向爸爸說明。

「……嚴格來說，那並不是池塘，只是島上一個積了海水的大水窪。這個池塘後方的海岸有一個洞窟，從池塘後方，可以走到那個洞窟。所以在漲潮時，水面會上升；退潮時，水面就會下降。池塘裡的水都是海水，所以生活在池塘裡的都是海水魚。偶爾也會有從外海誤闖進來的小鯊魚，在池塘內悠哉悠哉地游來游去。」

「小鯊魚？」

小匠雙眼發亮，小小聲地驚叫。

「原來是這樣……」爸爸點著頭，看著地圖，繼續說道：「所以這個海主神社，就是有人魚傳說的那個神社嗎？」

守屋經理愣了一下沒有說話，在他愣住的時候，眼珠子骨碌碌地轉了一下，似乎在思考著什麼。

「……喔喔，你是說人魚傳說嗎……？請問您是聽誰說的？」

「呃……那個……是渡船的船長說的……」

守屋經理聽了爸爸的回答，眼珠子又骨碌碌地轉了一下，開口說。

「……不知道哪裡弄錯了……，眞是傷腦筋。現在就連本地人都以為這座島是人魚傳說的島……」

「啊？所以其實並不是嗎？」

信田家所有人都驚訝地看著經理的臉。

「是啊……」經理一臉尷尬地點了點頭。

「……所以他說人魚的手臂埋在這座島上是騙人的？」

小匠有點失望地問。

「……就是這個部分弄錯了。」

經理再次看著剛才交給爸爸的地圖，指著海主神社說：

「這裡祭祀的並不是人魚的手臂，而是河童的手臂。」

「什麼！河童？!」

小結和小匠同時叫了起來，經理點了點頭。

「對，傳說中，這座島上的『臂塚』埋葬了河童的手臂。聽說自古以來，有很多河童住在這一帶的海域，所以有很多關於河童的故事在流傳著。像是河童會扯破本地漁夫的漁網，偷走他們的魚；或是河童把在海邊玩耍的孩子拖進水裡……。那個河童大王是名叫海御前的母河童，所以從以前開始，這座島上的人都稱之為『海御前王』，據說海主神社下安放的是海御前王的左手臂。」

「可是，為什麼是河童的手臂……？」

爸爸問。經理靜靜地繼續說了下去。

「很久很久以前，有一個法力強大的和尚來到這座島上，聽說了那些河童的傳聞。那個和尚很同情那個因為被河童拉進海裡而失去了小孩的母親，於是用法力逮到了河童大王，懲罰了河童大王。

當時砍下了海御前王的左手臂，埋在墳墓中，證明和河童之間締結了『以後絕不再戕害人類』的約定……這就是關於這座小島的傳說，但不知道什麼時候變成了『人魚的手臂』……」

這時，小結他們身後傳來一個響亮的聲音。

「這是因為受到這座島是長生不老島這個傳聞的影響。」

經理驚訝地抬起頭，小結他們也轉過頭，看到阿宮和後藤兩個人站在那裡。

阿宮笑著對所有看著他的人說：

「從很久很久以前開始，長生不老的人不是都住在這座島上嗎？人魚的肉是長生不老的仙藥，所以大家就開始認為埋在這座島上的是人魚的手臂……，這是很自然的聯想。」

「那個傳聞並不是說，洞江島是長生不老的人生活的地方，而是在這一帶海域的某座島上，住了長生不老的仙人……只是一個來自中國的古老傳說。」

守屋經理難得嚴肅地反駁阿宮。

阿宮瞇起眼睛，既覺得有趣，又帶著疑心地注視著經理的臉說：

「那你知道那個傳說中的某座島的叫什麼名字嗎？」

經理轉了轉眼球，馬上接著說出了那座島的名字。

「蓬萊島（Hou-rai-jima）——」

「什麼？洞江島[1]（Horae-jima）？」

小結不禁反問，經理緩緩搖著頭說：

「不，不是洞江島，而是蓬萊島。」

「呵呵呵。」阿宮似乎終於忍不住笑了起來。

「看吧，蓬萊島和洞江島的發音差不多，如果說是巧合，也未免太巧了。我認為洞江島就是傳說中的蓬萊島。連本地人也都這麼認為喔！所以說這座島上埋的是人魚的手臂這個傳說更加合理。

相反地，河童傳說反而很可疑。河童戕害人類，所以砍下了手臂作為懲罰這種傳說……到處都有，這個傳說在不知不覺中，跟人魚手臂的傳說混為一談了……。

不、不對，搞不好是有人故意說『臂塚埋的是河童的手臂』，讓事情變得複雜。」

阿宮在說話時，露出調皮的眼神看著守屋經理，簡直就像在暗指是經理讓這件事變得複雜。

小結原以為經理會再度反駁，但守屋經理只是微微皺起眉頭，輕輕聳了聳肩。

「……傳聞這種東西，就是不用加油添醋也會越傳越離譜。所謂傳說，往往變成不同的形式、不同的樣子傳開來。

我們很歡迎遊客對古老小島的傳說產生興趣，請各位也去參觀一

---

1 蓬萊島與洞江島的日文發音聽起來很相似。

下海主神社，好好享受散步的樂趣。」

小結一家人走出飯店，決定看著地圖，繞親山步道一周。這條路線從飯店出發後，繞後山一周後，又可以回到飯店。海主神社就在步道中央的位置。

「不去海邊嗎？我們去海邊嘛。」

小萌正準備跑向傳來陣陣海浪聲的海邊時，立刻被爸爸抱了起來，放在肩膀上。

「明天才要去海邊玩，今天要去看祭祀人魚手臂的神社……，也可能是河童的手臂。」

「河童？」

小萌的心立刻從海灘轉移到河童身上。

「河童的手？有河童的手手嗎？可以看到河童的手手嗎？」

「小萌，妳不要在爸爸的肩膀上一直跳，頭會撞到樹木。」

媽媽在爸爸身後對小萌說。爸爸扛著小萌，率先走在上方都是樹林的步道上，媽媽、小結和小匠也緊跟在後，一行人上山了。

大福夫婦和內內阿姨剛才也走過這條路，阿宮和後藤也走在信田家後方。

看起來，銀波樓的所有客人——除了綾乃奶奶和幸乃以外——這一天的目的地都是同一個地方，也就是傳說中的海主神社。

「現在眞的還可以看到那隻手臂嗎？只要去了神社，就可以看到那條不知道是河童還是人魚的手臂嗎？」

小匠興奮地小聲嘀咕時，阿宮他們兩個人剛好準備超越信田一家人。

阿宮走過小匠身旁時，咧嘴一笑說：

「當然可以看到。當初在臂塚上建神社時，還特地把手臂挖了出來，供在神社內。」

「供在哪裡？」

小匠忍不住追問，小結也豎起了耳朵。

阿宮放慢腳步，後藤獨自超越了他們。阿宮壓低聲音繼續說：

「人魚的手臂目前供在海主神社的神殿前方，放在一個像是棺材的石箱內。聽說到現在都會每年舉行『淨臂』儀式兩次，分別是六月三十日的『夏越祭』，和十二月三十一日的『跨年祭』，會把手臂從箱子裡拿出來吹海風喔。」

「你看過嗎？」

小結忍不住用抬槓的語氣問。阿宮瞥了小結一眼，笑了笑，經過她身旁時，撂下了這句話。

「現在就要去看。」

「什麼?!」

小結和小匠忍不住互看了一眼，阿宮小跑著去追趕後藤，頭也不回，火速地走遠了。

「你們在說什麼悄悄話？」

媽媽回頭問小結和小匠。

「聽說在建造神社的時候，有把人魚的手臂從墳墓裡挖了出來，放進了一個石箱，現在供奉在海主神社內。」

小結在說話時，小匠插嘴說：

「那個人說他們現在就要去看那條手臂！他親口說的！」

「……現在去看？那是可以隨便讓人看的嗎？」

媽媽歪著頭感到納悶。

「我不知道可不可以看，反正他們剛才這麼說。」小匠說完後，小結又補充說：

「據說每年只有兩次，分別是六月三十日的『什麼祭』和十二月三十一日的『跨年祭』時，會從石箱內把手臂拿出來。」

爸爸聽了小結的回答後說：

「這樣啊，既然是水神相關的祭典，六月三十日的話，八成是『夏越祭』。」

「我們也去看吧！我們去看石箱裡的手臂！看了之後，就可以搞清楚了！到底是河童的手臂，還是人魚的手臂！」

「那可未必。」媽媽聳了聳肩說：「因為我認為不管是人魚的手臂還是河童的手臂，都長得很像，無論人魚還是河童的手，五根手指之間都有用來划水的蹼。更何況已經過了幾百年，應該早就變成木乃伊了。」

「都沒有關係！」小匠不耐煩地大叫著，「不管是人魚還是河童的手臂都沒有關係，我們去看嘛！如果不趕快過去，就錯過那兩個叔叔打開石箱蓋子的那一刻了。」

小結很受不了地看著小匠。

「你就那麼想看長了蹼的乾巴巴木乃伊手臂嗎？」

「我想看！」小匠大叫的同時，坐在爸爸肩上的小萌也吵了起來。

「我想看！我想看！」

「好吧，好吧。」

爸爸嘆著氣，安撫著小萌。

「那爸爸的肩膀號火車就要加速了，請乘客抓好爸爸的脖子，把頭壓低。否則不管掉下來，還是被樹枝卡住，爸爸都概不負責。」

「我先過去！」

小匠立刻衝上坡道，小結也慌忙追了上去。

「啊！等等我！」

「什麼嘛！姊姊也想看木乃伊手臂不是嗎！」

姊弟兩人爭先恐後，擠成一團，衝上了親山步道。

當他們來到飯店後山的坡道頂端，視野頓時開闊起來。頭頂上的樹林消失了，前方是一大片長滿了蘭花、蕨類等長著厚實葉子的大型植物的原野。親山步道穿越原野中央，變成了緩和的下坡道。前方有一個巨大的木頭鳥居和歷史悠久的神社神殿。經過鳥居後，神社內的地上鋪滿了白色鵝卵石。

他們看到阿宮和後藤正踩著白色卵石，走向神殿。

「走吧！」

剛爬完陡峭山坡的小結喘著氣說。

「ＯＫ！」小匠點了點頭，兩個人一口氣穿越了原野中央的下坡步道，衝進了鳥居內。

神社上方的天空還很清澈明亮，但小小的神殿內陰涼黑暗。

當小結和小匠走進神殿內，發現阿宮和後藤背對著門口，在祭壇前的點著的燈籠燈光下，正探頭看著什麼東西。

燈光下——那兩個人的面前，一定放了木乃伊手臂的石箱。他們已經打開石箱的蓋子了嗎？

小結和小匠屏住呼吸，相互使了一個眼色，緩緩走向祭壇。

他們從阿宮他們身後悄悄探頭張望，果然看到了一個大石箱放在祭壇中央。長方形的石箱很大，而且很沉重。與其說是石箱，或許確實更適合稱為石棺。石棺後方豎了一塊很厚實的石蓋，原本應該蓋在石棺上。

那塊石蓋看起來很沉重，以小結和小匠的力氣，根本不可能抬起來，阿宮和後藤一定合力才把石蓋抬了起來。

小匠咕嚕一聲吞著口水，他和小結悄悄互看了一眼，他們又向前走了一步，戰戰兢兢地在阿宮他們身後探出頭，想看清楚移開石蓋的石棺內到底是什麼狀況。

小結的心跳加速。

小結和小匠同時探頭看向在燈籠微弱的燈光照射下的石棺內。

「啊！」小結叫了起來。

慢了一拍後，小匠也用沙啞的聲音說：

「……是空的……」

潮入池

這時，走在後面的爸爸和媽媽他們也來到了神殿入口。小萌已經沒有坐在爸爸的肩膀上，而是走在爸爸和媽媽中間，牽著他們的手。

「木乃伊手手？那裡有手手嗎？」

小萌看到小結他們正在向石棺內張望，於是小聲地問。

小結轉過頭，小聲地回答說：

「沒有。石棺裡根本沒有手臂。」

「什麼？沒有？」

爸爸和媽媽也都歪著頭走了過來。阿宮也抬起了頭，轉頭看向後方。後藤拿起相機對著空蕩蕩的石棺拍照。昏暗的神殿內亮起閃光燈刺眼的光。

「你們打開了石棺的蓋子是嗎？」

爸爸看了看石棺，又看著放在石棺後方的蓋子問阿宮。

「原本就是開著的，對吧？」阿宮尋求後藤的作證，後藤舉著相機，點了點頭。

「原本放在裡面的手臂呢？」

這次發問的是媽媽。

「早就空空如也了。」阿宮回答完，聳了聳肩。

「反正……我早就猜到會有這樣的結果。」

這樣的結果……是怎樣的結果？小結很想問他，但還是忍住了。

爸爸鬆開了緊握住小萌的手，走到石棺面前。

「不好意思。」爸爸打了一聲招呼，在阿宮身旁探出身體，彎著腰，開始觀察被移開的蓋子和空蕩蕩的石棺。

「看來有人粗暴地把蓋子撬開了。」爸爸說。

「你怎麼知道？」

小結在爸爸身旁向前傾身問。爸爸伸出了手，用食指指著石棺周圍和石頭蓋子的邊緣，追蹤了一圈痕跡說：

「你們看，這裡和這裡，還有這裡和這裡，都有石頭遭到破

壞的痕跡對吧？地上有撬下來的石頭碎片。有人用堅硬的棍棒之類的東西插進這裡，然後使勁地把蓋子撬開了。

你們看這個蓋子，雖然看起來很重，但無法剛好蓋在石棺上對吧？所以只是用一個厚實的石板壓在石箱上面而已。

要拿起這麼重的石板，即使是兩個大人也很吃力，但只要使用槓桿，要移動它就不至於太困難。我想大概是有人把硬棒塞進了石板蓋和石棺之間，利用槓桿原理抬起石板蓋的一側，再繼續推開，然後推到了地上。」

「……堅硬的棍棒之類的？」

小結微微歪著頭，突然叫了一聲：

「啊！是大福先生和他太太！一定是他們兩個人！我剛才在平台上看到大福夫婦登上這條親山步道！當時大福先生手上就拿著長長的像金屬棒的東西。」

「大福先生……妳是說安福夫婦嗎？」

聽到阿宮的問題，小結**心想不妙**，自己不該多嘴。

「是喔！是那個老頭啊……，事情越來越好玩了……」

阿宮嘀咕著。

「……因為距離很遠，所以我其實並沒有看得很清楚。」

小結好像在辯解般不安地嘀咕。媽媽露出責備的眼神稍微瞪了一下小結。

阿宮獨自笑了起來，拍了拍他朋友的肩膀說：

「後藤，我們要不要進行突擊採訪？我們去追安福夫婦，問他們人魚手臂的下落。」

阿宮和後藤走出了神殿，媽媽看著他們離去之後說：

「小結，妳怎麼可以說這些不負責任的話？」

「我哪有說不負責任的話？」小結噘著嘴，「雖然我也在反省的確不該在那兩個可疑的人面前說些不必要的話，但我真的看到大福先生手上拿了一根發亮的棍棒。他拿著棒子，他們夫妻兩人氣勢洶洶地走上親山步道。然後……那個阿姨，就是叫內野千鶴子，穿了一件日式襯衫的阿姨悄悄跟在他們後面。」

「跟在後面？」

媽媽驚訝地皺起了眉頭問道。

「這位姊姊，妳是不是看太多推理小說了？」

小匠人小鬼大地插嘴問。

「才不是呢！她絕對在跟蹤大福夫婦，因為她鬼鬼祟祟，還躲在樹的陰影中。」

「木乃伊的手手不見了嗎？」

小萌看著空蕩蕩的石棺，語帶遺憾地說。石棺內放著用紫布包起來的台座，原本放在那個台座上的一定是那個「手臂」。

爸爸仍然在仔細地觀察石棺，突然歪著頭「咦？」了一聲。

「又發現一個破損的地方，你們看，就在這裡。石棺側面邊緣，也有一個好像被削掉的凹洞。這個凹洞似乎是之前留下的。」

爸爸說完，蹲了下來，目不轉睛地觀察著石板蓋子側面的邊緣。

「……我就知道……，蓋子上也有另一個破損的痕跡。如果把蓋子重新放回石棺，就會發現石棺上的破損和蓋子上的破損在相同的位置。」

「什麼意思？」

小匠問。

「意思是，之前還有其他人也做了同樣的事。」爸爸回答，「今天有人用棒子撬開了這個石棺的蓋子，之前還有其他人，也曾經撬開石棺。」

「之前？多久之前？」

小結問。

「那我就不知道了。」爸爸回答。

「大家到底為什麼都這麼地想打開這個石棺？」

媽媽納悶地問，然後低頭看著石棺。

「應該是因為他們想要石棺裡的東西。」

小結表達了意見，小匠也接著說：

「因為人魚的肉是長死不老的仙藥啊。」

媽媽聽了小匠的回答，直接反駁說：

「如果眞的是人魚的手臂也就罷了，但是守屋經理說，那是河童的手臂。到底哪一個才是眞的？是人魚？還是河童？」

爸爸沉思著，默默聽著大家的討論。

小萌完全聽不懂大家在討論的內容，覺得很無聊，從媽媽手上搶走了島上的地圖。

「我們去池塘。池塘在哪裡呢？那裡可能有魚喔。」

「好、好，妳說的對。」

媽媽笑著摸著小萌的頭。

「我們難得出來散步的，只是站在這裡聊天也太無聊了。」

「喔……嗯，也對。」爸爸也不再沉思，抬起了頭。

「呃……池塘是在神殿的後方，要怎麼去那裡呢？好像要先走出神社才行……」

於是，一家人都陸陸續續準備離開神殿，小結轉頭瞥了一眼後方。

「那個石棺怎麼辦？就丟在那裡嗎？」

爸爸和媽媽都回頭看著石棺，停下腳步，不知如何是好。

「怎麼辦呢？是不是該通知神社的工作人員？」

「有道理……」媽媽聽了爸爸的提議後點了點頭。

「總不能假裝不知道，更何況遺失的是這座神社的寶物……」

工作人員的服務處就在神殿旁，從服務處和神殿之間的木門，就可以去位在神社後方的池塘。

一個可愛的年輕女生一身神職人員的巫女打扮，拘謹地坐在服務處的窗口。她穿著白色窄袖和服，下半身是鮮豔水藍色的和服褲裙，一頭長髮綁在腦後。

「那個……不好意思…………」

爸爸向巫女打了招呼，巫女面帶笑容抬起頭。爸爸對她的親切笑容感到有點不知所措，但還是鼓起勇氣開口：

「呃，是這樣的，有件事想說還是要通知你們一聲……。就是原本在神殿祭祀的那個……不知道是河童還是人魚的手臂，石棺的蓋子……被人……撬開了……也就是說，呃……裡面的……手臂不見了。」

巫女收起了臉上的笑容，但並沒有太慌張，而是露出為難的表情回望著爸爸說：「喔，這樣啊……」

巫女的反應太出人意料，爸爸、媽媽，還有小結和小匠默默交換了眼神。

可能是無法承受信田一家人疑惑的眼神吧，巫女只好難為情地說：

「……那個……其實『海御前王的手臂』不久之前就……已經不見了。」

「什麼？所以……」小匠立刻插嘴問，「所以那個石棺原本就是空的？」

「對……」巫女滿臉歉意地點了點頭。

「請問……」

這次由媽媽發問，「妳說不久之前不見了……難道是被人偷了

おみくじ

嗎？」

「……對。」

巫女和善的臉上露出了極度為難的表情，再次點了點頭。

「不久之前是多久之前？」爸爸問。

「並不知道明確的時間點……」

巫女沮喪地回答。

「去年『夏越淨臂』儀式時還在，但秋天大潮時就不見了……」

「不知道是誰偷的嗎？」爸爸問。

巫女點了點頭說：「不知道。」

所有人都沉默不語，陷入了尷尬的沉默。這時，矮小的小萌踮起腳尖，看向事務所的窗口。

「媽媽，我要買護心符。」

「啊！好喔。」媽媽立刻附和小萌的提議。

「好啊，買些東西留作紀念！」爸爸也表示同意。大家都想趕快擺脫這份尷尬，於是心神不寧地開始挑選排放在窗口的護身符。

「小萌，這個很可愛！」

「啊……我也要。」

小結和小萌在同一個盒子裡拿出了一個可愛的護身符，細細的編織繩前端有一個銀色小黃瓜形狀的鈴鐺。

「你們看！是小黃瓜！」

小萌搖晃著用紅色細繩綁著的小黃瓜鈴鐺，小結的小黃瓜綁著的繩子則是紫色的。

鈴、鈴鈴。鈴鐺發出輕微的聲音。

巫女臉上終於又露出開朗的笑容，她看著小結和小萌手上的鈴鐺，向他們說明：

「這個小黃瓜代表海御前王。海御前王是河童大王，很愛吃小黃瓜。這個護身符是消災避禍的護身符。」

「海御前王是河童大王……所以這座神社祭祀的是『河童的手臂』嗎？」

小結問完問題後，巫女用力點了點頭。

「沒錯，這裡祭祀的是海御前王的左手臂。據說以前曾經有一位法力強大的和尚，為了懲罰在這一帶海域為非作歹的河童，逮住了河童大王海御前王，然後砍下了海御前王的左手臂埋在墳墓中，作為約定『以後絕不再戕害人類』的證明。

之後，河童曾經多次來到這座島上，要求歸還海御前王的手臂，但和尚都沒有把手臂還給牠們。河童不肯罷休，一次又一次上門，和尚就對這些河童說：『只要海浪高度超過潮入池的「蠟燭岩」，就會把手臂歸還給你們。』」

「潮入池就是神社後方的池塘嗎？」小結問。

「蠟燭岩？」小匠也歪著頭納悶。

巫女露齒一笑說：

「對，你們等一下可以去參觀一下。在潮入池的正中央，有一根細長形的岩石，那就是『蠟燭岩』。

和尚和那些河童約定，只要海浪高度超過蠟燭岩，就會把海御前王的手臂還給牠們。只不過海浪根本不可能超過那塊岩石……。因為蠟燭岩以前是一塊很高很高的岩石，無論是漲潮的時候，還是暴風雨的時候，海浪都從來沒有超過那塊岩石。

只不過和以前相比，現在的蠟燭岩已經變矮了。因為風吹雨打，慢慢風化了……，而且兩年前發生的大地震，岩石裂開，頂端的部分整塊掉了下來。」

小結、小匠和小萌最後各選了一個繩子顏色不同的小黃瓜鈴鐺護身符。

除此之外，爸爸說要買一張消災除禍的大符紙。

因為爸爸覺得，「我們家至今為止，發生了很多災難，也許這張符紙能發揮作用。」

「謝謝惠顧。」

一家人道別了深深鞠躬道謝的巫女，前往神社後方的池塘。

「飯店經理守屋先生說的果然沒錯，神社祭祀的是河童的手臂。」

小結離開服務處後說了這句話。

「我越來越搞不懂了。」媽媽不解地說，「偷河童的手臂到底有什麼用？河童的手臂又不是仙藥，有人會要這種東西嗎？」

「有啊，我們身邊就有……」

小結露出意味深長的眼神看著媽媽，媽媽抖了一下，看著小結說：

「不會吧……妳是說夜叉丸哥哥？」

「媽媽！快過來！小結姊姊！我看到池塘了！這裡有很藍、很藍的池塘！」

小萌呼喚著媽媽和小結。於是母女兩人中斷對話，走過木門。那裡是神社的後院，雖然空間不大，但堅硬的地上種了很多樹葉厚實的樹木，在樹蔭下下放著石頭長椅。

爸爸帶著小匠和小萌站在後院角落的欄杆前，低頭看著欄杆外的風景。

小結和媽媽走到欄杆前，一看到眼前的風景，異口同聲地歡呼起來。

池塘位在山谷的谷底，欄杆外的地面突然凹了一個大洞，大洞的底部是一片祖母綠色的池塘，簡直就像有人把一顆閃閃發光的寶石遺忘在那裡。

山谷上方是的清澈的藍天，西沉的太陽閃耀著光芒，在四周灑滿了刺眼的夏日陽光。

池塘正中央的石柱就像沐浴在金粉之中，閃閃發亮。

「好美啊……」

媽媽滿臉陶醉地說，小結用力呼吸，把從谷底吹來的風吸進了胸膛。

「啊……眞的有海水的味道……」

「你們看！有大魚在游泳！你們看到了嗎？就在那塊岩石下面！」

小匠把身體探出欄杆，指著池塘說。

「哪裡？哪裡？」小萌從欄杆的縫隙看向谷底。

媽媽突然發現一件事，納悶地看著爸爸的臉問：

「你怎麼了？你在想事情嗎？」

爸爸把雙肘放在木頭欄杆上，身體微微前傾，看著谷底。眼鏡後方的雙眼靜靜地看著池塘，但他的心似乎在遙遠的地方徘徊。

爸爸聽到媽媽的聲音，好像如夢初醒般抬起了頭。

「我想到一件事……」

「什麼事？」

小結忍不住問，爸爸輕輕嘆了一口氣後說：

「剛才巫女不是說，海御前王的手臂去年就被偷了嗎？去年六月夏越季到秋天大潮期間，有人撬開了石棺的蓋子，偷走了原本放在裡面的手臂。石棺和蓋子上留下的舊損傷，應該就是當時的手臂小偷留下的，對吧？目前還不知道誰是小偷。

這次被邀請來到這座島上的客人，都曾經在去年七月到九月期間入住這座島上的銀波樓。……我們當然是例外，但是那個傢伙，不，我是說夜叉丸哥哥在去年八月十日曾經入住……。

樣。」

安福夫婦、宮田先生，還有……那個老奶奶的孫女幸乃小姐也一

小結聽了爸爸說的話，在一旁插嘴問：

「那內內阿姨呢？」

「內內阿姨？」爸爸問小結。

「喔……就是一個人先到這家飯店的內野千鶴子阿姨。」小結向爸爸說明。

「內野小姐的情況就不太清楚了，只有她曾經多次入住這家飯店，但也沒問她去年是否曾經入住，還有什麼時候入住。但是我猜想她也曾經在去年七月到九月期間入住這家飯店，我想這次被招待的客人，都曾經在這三個月期間住在銀波樓。」

「所以……這是怎麼回事？」

媽媽問。

「我覺得……」爸爸說，「會不會是想要藉由這次機會，抓到偷走海御前王手臂的小偷？夏越祭是在六月三十日舉行，秋季的大潮是中秋賞月的時候，手臂是在這三個月期間被偷的，所以這次飯店招待了在這三個月期間，曾經入住飯店的可疑人物……，也就是說這次招待的，都是手臂小偷的嫌疑犯。」

6 消失的傷口

信田一家人從海主神社沿著和緩的下坡步道，悠閒地晃回了飯店，一路上都討論著被偷走的「海御前王」手臂這件事。

「果然問題又回到了原點，究竟是誰，到底是為了什麼偷走河童的手臂。」

媽媽說，小結立刻反駁說：

「如果是夜叉丸舅舅偷的，就絲毫不覺得奇怪了。」

他有個怪僻是再古怪的東西，舅舅他……應該說，越古怪的東西

他越愛。」

「但是……」小匠在一旁插嘴問：「那今天是誰撬開了石棺？如果像姊姊說的，是大福夫婦撬開了石棺，是不是代表他們也想偷走手臂嗎？

還有那個叫阿宮的叔叔也很可疑，他對石棺裡的東西很執著了，而且內野阿姨不是也跟蹤大福夫婦嗎？

所有人都很可疑，爸爸說的沒錯，一定是把所有可疑的人都找來這座島上。」

「但是，幸乃和她奶奶呢？」

小結向小匠丟出了問題。

「無論怎麼看，她們兩個人都沒有什麼問題，她們看起來也不會像要河童的手臂。而且，如果是把所有可疑的人都召集到這座島上，那麼是誰召集的呢？是誰規劃了這個找小偷的企劃？」

「被偷走的真的是河童的手臂嗎？」

爸爸獨自幽幽地問。

「爸爸，剛才巫女不是說得很清楚嗎？神社祭祀的是河童大王海御前王的手臂。」

即使小結這麼說，爸爸仍然陷入沉思。

「嗯，是啊，島上的傳說應該是這樣。有一個法力無邊的和尚砍下了河童的手臂，然後埋在墳墓裡……。

問題在於島上的傳說和這座島周圍的人所相信的傳說之間有落差。因為最初是身為本地人的渡船船長告訴我們墳墓裡埋的是人魚的手臂。

我猜想這一帶的本地人都認為『海主島』的『海主』是人魚。為什麼兩個傳說之間會有落差？到底哪一個才是原本的傳說？墳墓中埋的到底是河童的手臂？還是人魚的手臂……？」

當他們回到小島南端的展望台時，暮色開始降臨。

銀波樓窗戶內的燈光熠熠閃亮，正在向他們招手，海風中開始飄著美食佳餚的淡淡香味。

「肚子餓了！現在幾點？」

小匠問。爸爸看了手錶後回答：「還有五分鐘就六點了。」

「那我們直接去餐廳吧。」

小結提議。

「我肚子餓了，快點，吃飯！」小萌嚷嚷著，媽媽也點了點頭說：

「好啊，雖然先吃晚餐，可能就來不及去露天浴池欣賞夕陽了，但這個樂趣可以留到明天……。今天就直接去餐廳吃飯，我們一定是第一組到的。」

於是，一家人走過別館的入口，走向本館的方向。正當他們來到大廳時，守屋經理慌慌張張，快步從餐廳內走了出來。守屋經理看到他們時瞬間愣了一下後，立刻接著鞠躬說：「你們回來了。」

「我們回來了。」一家人回答的同時，都看向守屋經理的右手。經理用左手拿著餐巾按著右手大拇指指根的位置，餐巾都被染紅了。他似乎受了傷。

「你還好嗎？」媽媽看著經理問。

「嗯，我沒事。」經理看起來很尷尬地點了點頭，「不好意思，失態了。我剛才想要收杯子，那個杯子似乎有裂縫，結果就變成這樣。」

「啊……你先去包紮，流了不少血。」

爸爸催促著停下腳步的經理。

「好，那我就先失禮，先去包紮一下。」

經理向他們鞠躬說完這句話，又補充說：

「各位可以去餐廳了，晚餐已經準備好了。不好意思，雖然我無法為你們帶位，但已經為你們準備了靠窗的倒數第二張桌子……」

小結他們目送經理離開後，走進了餐廳。

「原來我們不是第一名。」

小匠看著窗邊的桌子，小聲嘀咕著。幸乃和她奶奶比小結一家人更早來餐廳，已經坐在座位上吃晚餐了。

銀波樓的晚餐實在是太高級了。

裝在大船造型容器內的海鮮很新鮮，好吃得令人心蕩神馳。蒸蟹丸、活烤龍蝦，還有野菜和明蝦天婦羅、鯛魚蒸飯，貝類和紫菜味噌湯，每一道都好吃得令人難以置信。小結他們簡直就像在品嚐龍宮的美味佳餚，唯一令人遺憾的事，就是當他們吃完冰冰涼涼的糖煮水果後，沒想到又送上了蛋糕。

站在餐廳角落的服務生靜靜地把裝了十二種不同蛋糕的銀色推車

推到他們餐桌前，信田家的所有人都已經飽到天靈蓋了。

「請各位挑選喜歡的蛋糕，挑選幾塊都沒有關係。」即使服務生這麼說，肚子裡已經沒有空間了。

但小結、小匠和小萌仍然抱著必死的決心，各點了一塊蛋糕。分別是巧克力蛋糕、千層蛋糕和草莓奶油蛋糕。

「我投降。」

爸爸摸著肚子說，媽媽也點著頭。

「我也吃不下了，太可惜了，這些蛋糕看起來都很好吃……。看來明天吃飯時要分配好肚子的容量。」

「那我來準備兩位飯後的咖啡吧。」

服務生面帶微笑說完後，離開桌邊了。

就在這時，坐在前面那張餐桌旁的幸乃和她的奶奶已經吃完了晚餐，正準備喝咖啡。

「不知道兩位覺得味道如何？」

抬頭一看，發現經理正親自為她們倒咖啡，同時詢問她們的感想。剛才受傷的右手已經包著繃帶了。

「非常好吃。」

老奶奶點頭鞠躬回答。

「謝謝。」

在守屋經理也鞠躬道謝後，發生了意外的狀況。

不知道怎麼回事，幸乃手上的咖啡杯滑了下來，冒著熱氣的熱咖啡全都倒在經理包了繃帶的手上。

白色繃帶轉眼變成了咖啡色。

「啊！」經理發出叫聲的同時，把手縮了回去。

「對不起！」幸乃慌忙站了起來。

「不好了！」媽媽大叫一聲，抓起放在腿上的餐巾，跑向幸乃她們的餐桌。

幸乃大叫著說：

「趕快！趕快把繃帶拿下來！否則會燙傷！」

幸乃在說話的同時，立刻伸出手，在媽媽面前把守屋經理手上的繃帶拉了下來。

「沒關係，我沒事……」

雖然經理這麼說，但還來不及拒絕，右手上的繃帶就被扯掉了。

媽媽馬上拿起幸乃的水杯說：

「這杯水借我一下。」

媽媽說完，把裡面的冰水倒在手上的餐巾上，把餐巾包在經理的右手上。

「要趕快冰敷……」

「對不起，眞的很對不起。」

幸乃頻頻鞠躬道歉。

「啊喲……眞的很抱歉。」

奶奶也起身向經理道歉。

「沒關係，我沒事，反而是咖啡有沒有濺到妳們？」經理關心地問。

爸爸也走了過來，把自己的餐巾放在滴著打翻咖啡的餐桌角落。

「經理，今天眞是禍不單行啊，你最好趕快冰敷一下，然後擦點藥。」

服務生發現這裡的騷動後，拿著溼毛巾出現了。

幸乃沮喪地說：

「對不起，我太不小心了。」

「別放在心上，小事小事……，幸好沒有濺到妳的衣服，現在馬上為妳送新的咖啡上來。」

經理說完，向服務生使了一個眼色，用餐巾包著右手，向爸爸、媽媽鞠躬後，就走出了餐廳。

「不好意思，驚動大家了。」

奶奶誠惶誠恐地向小結他們鞠躬。

「這孩子眞是太不小心了……」

結果幸乃和她奶奶沒有喝服務生重新送上來的咖啡，就匆匆離開了餐廳。

服務生退到內場後，餐廳內只剩下信田家的人，媽媽在餐桌上探出身體，壓低聲音說：

「我發現一件奇怪的事。」

「什麼奇怪的事？」

第一個發出疑問的是小結。

「守屋經理的右手。」

「什麼？右手？」

小匠邊大口吃著千層蛋糕，邊看著媽媽問。

「剛才咖啡倒翻時，幸乃不是扯下了守屋經理右手上的繃帶嗎？那個時候，我看到了他的手，上面並沒有傷痕。」

「傷痕？」

小結用叉子把巧克力蛋糕上的鮮奶油送進嘴裡的同時問。

「剛才他不是因為被杯子被玻璃割傷流了血嗎？所以才會用繃帶包起來不是嗎？但是，守屋經理的右手上完全沒有留下任何傷痕。」

「是不是妳沒注意到而已？」小結問。

「一定只是沒看到而已。」小匠說。

「不，我看得很仔細。」

媽媽很認真地反駁。

「其實我也發現了一件奇怪的事。」爸爸開口說道。

除了小萌以外的所有人都注視著爸爸。小萌正專心地用叉子把藏在草莓蛋糕鮮奶油中的草莓挖出來。

「我認為幸乃在扯開繃帶時，也看了經理的手。從我坐的座位可以清楚看到當時所發生的一切。我認為她根本就是瞄準了經理的右手，故意把咖啡打翻的。

她故意打翻咖啡，然後扯下繃帶，檢查經理的手……。她為什麼做這種事？我剛才一直感到不解，但聽了媽媽剛才說的話，我似乎瞭解了。幸乃是想要檢查經理的右手上是否有傷口。」

「為什麼？」

小結問。

「長生不老……」

媽媽小聲嘀咕。

「什麼？」

媽媽嘀咕的內容有點莫名其妙，小結和小匠互看了一眼。

媽媽緩緩開了口。

「長生不老的人不會變老，也不會死，即使被子彈打中，被劍刺中，傷口也會很快就癒合。」

「什麼?!」

小結和小匠大叫起來。媽媽立刻「噓！」的一聲示意他們小聲。

「我找到草莓了！」小萌叫了起來。

小萌高高舉起叉子上的草莓，信田家的其他四個人把頭湊在一起。

「……所以……所以這意味著守屋經理吃了人魚的肉嗎？」

小結瞪大了眼睛，小聲說道。小匠也探出身體說：

「……所以，那個石棺裡果眞是人魚的手臂。那個人魚的手臂，是因為被守屋經理吃了，所以才會不見嗎？去年偷走海御前王手臂的是守屋經理嗎？」

「……但是，幸乃為什麼會發現這件事？是因為她發現了這件事，所以才會想確認，不是嗎？」媽媽小聲問。

爸爸嘆著氣，搖了搖頭。

「不……果然有點奇怪，還有很多前後不合理的地方，這座島上到底發生了什麼事？」

這時，阿宮和後藤出現在餐廳門口，信田家的人結束了密談，專心吃蛋糕、喝咖啡。

放著「宮田先生和同行者」牌子的餐桌，就在小結他們餐桌後數過去第二張餐桌，但阿宮在走過去之前，改變方向，走到信田家的餐桌旁。

阿宮像之前一樣笑嘻嘻對爸爸、媽媽說：

「剛才多謝了。」

爸爸和媽媽不知道該怎麼回應，只好點了點頭。

「雖然之後我們找到了安福夫婦，問了他們海主神社石棺的事，他們堅稱毫不知情，說他們抵達神社時，石棺的蓋子已經打開，裡面已經是空著的。真是太可疑了。」

「啊……不……，關於這件事。」

爸爸有點難以啓齒地開了口。

「聽說海御前王的手臂早就不在那個石棺內了，好像去年被偷了。」

「去年？」

阿宮瞇起眼睛。爸爸繼續說道：

「神社服務處的人說，去年六月『淨臂儀式』時還在，但在秋季大潮時，就不見了。所以，雖然不知道安福夫婦有沒有打開石棺的蓋子，但至少不是他們拿走了手臂。」

爸爸一個勁地為遭到阿宮懷疑的安福夫婦如此說道。

阿宮聳了聳肩，呵呵笑了起來。

「這種事，我當然知道囉。」

「啊？」爸爸一臉錯愕的表情問。

「我知道石棺裡的東西不是安福夫婦偷走的，我認為是他們撬開了石棺的蓋子，所以才覺得他們可疑。

飯店後方有一根撬棍靠在牆上，我猜想安福先生應該是帶走那根撬棒，自己用它撬開了石棺的蓋子。因為他無論如何都想察看石棺內的情況。

石棺內到底有沒有人魚的手臂，如果沒有手臂，到底是誰拿走的。你們不感到好奇嗎？」

爸爸和媽媽互看了一眼，媽媽問：

「你是在問好不好奇去年誰偷走了手臂嗎？」

「手臂真的是去年被偷走的嗎？」

阿宮嬉皮笑臉嘀咕了這句意味深長的話。雖然他嬉皮笑臉，但緊盯著爸爸的那雙眼睛完全沒有笑。

「話說回來……」阿宮說，「信田先生，最不可思議的就是你們一家人。你們明明從來沒有入住過這家飯店，這次卻受到了招待。這已經不是運氣的問題了，難道你們不覺得奇怪嗎？你們為什麼會受到邀請？」

爸爸手足無措，坐立難安地和媽媽交換了眼睛，微微吸了一口氣說：

「不……其實……不瞞你說……」

爸爸下定決心開了口。

「應該是有一個親戚去年入住這家飯店時，在通訊地址的欄位，填寫了我家的地址。而且，連名字都寫我的……」

爸爸在說「而且」以後有點心虛的內容時，說得很小聲，而且也說得很快，試圖掩飾過去，但阿宮並沒有聽到這些。

「什麼時候？那個人是去年的什麼時候入住的？」

阿宮把身體探到爸爸面前問，他因為太激動，說話的語氣也有點粗魯。爸爸語無倫次地回答說：

「呃，聽說好像是、八月十日……」

「喔！這樣啊！」

阿宮臉上露出了既像是陶醉，又像是滿意的笑容。

「這下終於搞清楚了！為什麼把我們集合到這家飯店！原來是這樣！原來這是一趟找小偷之旅！」

阿宮似乎也得出了和爸爸相同的結論。

阿宮終於離開了小結他們的餐桌，大家都鬆了一口氣，然後決定馬上起身回房間。

小結他們來到大廳時，安福夫妻剛好走出電梯，走進了餐廳。

還有另一個人——。內內阿姨和走向別館方向的小結一家人擦身而過，爬上了往二樓的大廳樓梯。

經過內內阿姨身旁時，小結突然發現，內內阿姨是從別館的方向走來的，忍不住停下了腳步。

不是只有我們家住在別館嗎？為什麼內內阿姨會從那裡走

過來？

小結停下腳步，轉頭注視著內內阿姨走上樓梯的背影。這時，她發現了另一件事，有一種不舒服的感覺。

阿姨走上樓梯時完全沒有腳步聲。她走在擦得很乾淨的老舊木樓梯上時完全沒有任何聲音，躡手躡腳地悄悄走向二樓。

7 夜晚的聲音

回到房間，發現已經鋪好了五床蓬鬆的被子。

「你們看！也有小萌的！小萌也有自己的被子！」

「連睡衣也有五件！」

媽媽看著放在掛衣服的橫木前的籃子，瞪大了眼睛。

「你們看，有小結和小匠的浴衣，還有要給小萌穿的超級小號浴衣！」

「也有小萌的嗎？也有小萌的浴浴嗎？」

小萌從媽媽身後看到折得整整齊齊的五件浴衣，興奮得雙眼發亮。

「好！那我們就去泡澡吧！」

爸爸說。

「跑完澡回房間之前，可以買冰吃嗎？大廳後方有冰淇淋的自動販賣機。」小結說，小匠也興致勃勃地宣布：

「泡完澡之後，大家一起玩撲克牌吧！我帶了撲克牌。……因為在小島期間，不是禁止玩遊戲機嗎？」

小匠企圖趁亂讓爸爸、媽媽解除遊戲禁令，但爸爸沒有理會他，拿起泡澡的衣物站了起來。

「好！出發！前往星空下的露天浴池！」

南方島嶼的天空已經完全暗了下來，夜幕籠罩了周圍。

銀波樓的大浴場很寬敞，一家人搭電梯來到地下一樓後，分別走進男湯和女湯的布簾，一走進更衣室，前方就是隔著玻璃，可以眺望海灘的浴室。室內浴池的水質滑順，玻璃門外有一片像平台的露台圍著，必須沿著露台角落的階梯往下走去海灘的方向走下去，才能夠去露天浴池。沿著階梯往下走，就可以看到那裡有周圍砌著巨大石頭的露天浴池，乳白色的溫泉冒著熱氣。泡在露天浴池內，大海伸手可及，海浪拍打海灘的聲音也在耳邊響起。

隔著籠罩著溫泉的朦朧熱氣，可以看到滿天的星空。滿月前夜的明月懸在黑色大海上方，皎潔如霜，銀河星光閃耀。

這天晚上，小萌利用還在讀幼稚園的特權宣布：「我今天要和爸爸一起泡澡！」於是她加入了男生組。

女湯內只有媽媽和小結兩個人，無論室內浴池還是露天浴池，都被她們兩人包下來了。

「啊……也許天堂就是這種感覺……」

小結仰躺著浮在乳白色溫泉上，幸福地嘆著氣說。

「這裡太棒了……。我以前完全不知道有像這樣的地方。」

媽媽也一臉療癒地泡著溫泉，抬頭仰望夜空。

「有這麼好的地方的話，應該要變成熱門才對啊！渡船遊客中心的人不是說『沒有前往洞江島的定期渡輪』嗎？看來這裡平時沒什麼客人入住，太奇怪了……」

「幸虧我們收到了邀請函，真是太好了……。雖然我不是小匠，但也想稍微感謝一下夜叉丸舅舅。只不過這次的免費招待，是不是真的像爸爸說的那樣，是為了找到偷了海御前王手臂的小偷呢……」

「是啊……，雖然飯店方面說是五十週年的紀念活動，但受到邀請的客人，全都是去年那三個月期間入住飯店……這麼一想，就覺得有蹊蹺。」

「啊……」這時，小結叫了一聲，突然從浴池站了起來，「好像……好了。」

「什麼好了？」媽媽問。

「順風耳，好像恢復正常了。就好像在游泳池時耳朵進了水，然後水流出來時的感覺……。剛才好像聽到噗喀一聲，耳朵就變清楚了。……雖然還沒有徹底恢復。」

媽媽笑著問小結：

「所以妳聽到了什麼？魚在說話？還是螃蟹在打呵欠？」

小結聽到媽媽這麼問，不禁豎起了順風耳。

「……爸爸和小匠，還有小萌

在露天浴池說話的聲音……」

媽媽聽了小結的回答，放聲大笑起來。

「啊喲，如果是這樣，我也聽得到啊。尤其是小萌大叫的聲音。」

「小萌在玩河童遊戲，她鑽進水裡，小匠想要抓住鑽進水裡的小萌，爸爸叫他們『不要鬧了』，然後……」

恢復了敏銳度的耳朵，聽到了更遠處的聲音。

「……阿宮和後藤走進男湯的更衣室……」

「這樣啊。」

媽媽露出嚴肅的表情，抬頭看著上方，似乎不經意地觀察著。

小結聽到了他們兩個人在更衣室的談話。

那個沉默寡言的攝影師後藤首先開口說話。

「如果事情就像你說的那樣，石棺裡一開始就沒有什麼人魚的手臂，不是就沒必要找小偷了？」

接著聽到了阿宮的聲音。

「不不不，如果是有人在去年打開那個石棺，把裡面的東西偷出來，那傢伙當然會拼命找出小偷。因為石棺裡放的是假貨，八成是放了假造的玩具之類的東西，結果被人偷走了。一旦發現那是假貨，真正的手臂下落就是關鍵了。到時候，那傢伙的祕密恐怕也保不住了。」

「小結，不要再偷聽了。」

媽媽小聲制止她。

「即使妳的順風耳恢復了正常，也不能隨便偷聽別人談話。」

「但是……」小結噘著嘴，「媽媽，妳不想知道嗎？這座島上到底發生了什麼事……」

媽媽沒有回答小結的問題，只是微微豎起耳朵。

「啊喲……男湯那裡變安靜了。我們也差不多要起來了，妳不是想吃冰淇淋嗎？」

泡完澡後，信田一家人在大廳集合，在自動販賣機，奢侈地每人買了一支冰吃。

「小萌也一支嗎？小萌也可以一個人吃一支嗎？」

像奇蹟般接連發生的好運，讓小萌驚訝得睜大眼睛。

「妳可以自己吃完一支嗎？妳剛才晚餐吃了很多耶……」媽媽有點不安地問。

「媽媽，沒關係，如果小萌吃不完，我可以幫她吃。」

小匠自告奮勇願意幫忙。

小結選了香草焦糖冰淇淋，小匠選了巧克力冰淇淋，小萌選了草莓口味，媽媽選了蘭姆葡萄乾冰淇淋，爸爸買了薄荷巧克冰淇淋，然後大家從露台閒晃走去外面乘涼。

幸乃和她的奶奶坐在露台角落的長椅上，正在喝罐裝果汁。

走在露台前方舖了草皮的庭院內，小匠說：「早知道應該帶煙火來這裡。」

「對啊。」小結說完，抬頭看著夜空。

這是她第一次這麼清楚地看到銀河，也是第一次看到這麼多星星。她仰頭看著正上方，邊舔著冰，邊緩緩散著步。

幸乃和奶奶說話的聲音混著陣陣海浪聲，一起傳入了小結的順風耳中。

「要不要再去泡一次澡？」

幸乃問。

「不用了，我累了……。小幸，妳可以再去泡。」

那是奶奶的聲音。小結心不在焉地聽著她們聊天，覺得她們祖孫兩人的感情很好，忍不住有點羨慕。小結的奶奶只有爸爸的媽媽壽奶奶，媽媽的媽媽反對女兒和人類結婚，所以就和媽媽斷絕了聯繫，小結從來沒有見過她。小結很喜歡壽奶奶，但和壽奶奶之間的關係並沒有好到可以一起去旅行，或是打開心房聊天，像朋友那樣的程度。

「不用了……，既然綾綾妳不去，我也不去。」

咦……，幸乃叫自己的奶奶「綾綾」，她們真的感情很好呢……

小結不由得再次感到佩服。

「我說小幸啊……」

小結聽到奶奶說話的聲音。

「手臂的事，就算了吧？」

小結聽到「手臂」這兩個字，猛然停下了腳步。

「……因為，即使說是長生不老，也沒辦法返老還童吧？如果是像現在這樣上了年紀的老太婆，一直、一直活下去也很沒意思……」

「別說這種話！」幸乃語氣嚴厲地說，「妳不要說這種話，如果沒有妳，我眞的就無依無靠了！」

那之後，就沒有再聽到她們說話的聲音。她們一定是坐在長椅上，一言不發。

遠處漆黑的黑暗中，隱約傳來貓叫的聲音。

「小結姊姊！快來！快來！」

鋪著草皮的庭院角落，有一道貼了磁磚的矮牆，隔著矮牆，可以看到下方的海灘。其他人已經走到矮牆前，站成一排看著大海。

「有螃蟹！有螃蟹！」

小萌看到水泥矮牆上有小螃蟹爬著，興奮地叫著小結。

小結舔著有點溶化，快要掉下來的香草焦糖冰淇淋，再度邁步走在草皮上。各種想法浮現在腦海中又消失，就像海浪靠近又遠離。

幸乃和奶奶的感情非常好，難道幸乃為了讓已經上了年紀的奶奶可以長生不老，想讓奶奶吃人魚的肉嗎？

原本以為幸乃和人魚的手臂完全沒有關係，如果她真的想要人魚的手臂，那她也可能是偷走人魚手臂的嫌犯之一。

大福先生撬開了石棺。內內阿姨悄悄跟蹤大福先生。阿宮對石棺裡面的東西有濃厚的興奮，四處探聽消息。幸乃想要人魚的手臂。然後，第五名嫌犯一定就是夜叉丸舅舅。

告訴大家石棺裡放的是河童手臂的守屋經理，他手上的傷口很快就消失了，沒有留下任何痕跡。

難道經理在去年之前，就偷走了人魚的手臂，自己吃了人魚的內，擁有了長生不老的身體？

他為了保守這個祕密，才說石棺裡放的是河童手臂作為掩護嗎？

但是，神社服務處的巫女也說了相同的話，而且神社後方的潮入池，的確有傳說中的「蠟燭岩」……。

不行……。爸爸說的沒錯，有太多搞不懂的事了。

她很想把剛才從更衣室傳來的阿宮他們的談話，以及前一刻幸乃和奶奶的談話告訴大家，想聽聽爸爸、媽媽和小匠會怎麼說，但因為是用順風耳偷聽到的內容，所以她因為心虛而打消了這個念頭。

大家都吃完了冰淇淋，正忙著抓螃蟹。海蟹在夜晚的水泥矮牆上像無頭蒼蠅一樣到處爬來爬去。

小結沒有加入正在抓螃蟹的家人，把手肘放在矮牆上，用力吸著海風，注視著昏暗的海面。

「……咦？」

小結眨了眨眼，然後定睛細看著。

月光在海面上灑下銀色的影子，平靜而昏暗海浪之間出現了一個像是人影的影子。

這麼晚了，還有人在海裡游泳嗎？

那個人影浮在蕩漾的海浪之間，一動也不動地注視著銀波樓的方

向。

這時，小結聽到浮在海浪之間的人影小聲地說著什麼。

「……」

小結將所有的專注力都集中在恢復正常的順風耳上，努力想聽清楚人影到底在說什麼，但最後還是沒辦法。因為那個人影，正說著小結從來沒有聽過的語言……。

「怎麼回事……？」

小結陷入了混亂，當她從矮牆上探出身體，那個人影便立刻潛入海裡消失了。

「……咦？」

小結大驚失色，在海面上尋找著人影，但已經完全看不到了。人影潛入海裡後，就沒有再浮起來的跡象。

「……我看錯了嗎？……該不會……溺水了？還是……」

小結站在吹來的海風中，把要說的話吞了回去。

是人魚？**或者是河童**？

「妳在看什麼？」聽到爸爸的聲音，小結的視線才終於移開黑暗的海面。

「不知道，有什麼東西在海裡。」

「什麼東西？」

爸爸也隔著矮牆，看向黑暗的海面。

「是大魚之類的嗎？」

「不是，我覺得像人……，好像有人在海裡游泳……」

「啊？」

爸爸大吃一驚，看著小結的臉問：

「這樣的夜晚？」

「所以我覺得很奇怪，只不過看起來真的很像人，有腦袋和脖子……，肩膀以上的部分露出水面，看向我們這個方向。而且還小聲地說著奇怪的語言。」

「奇、奇怪的語言？」

小結對著滿臉驚訝的爸爸點頭說：

「是我沒聽過的語言，不是日文，也不像是人類的語言。該怎麼說……，像咒語，也像什麼東西的叫聲。既像在唱歌……又像在說話……」

爸爸再次看向黑暗的大海，突然縮起了脖子，似乎覺得很冷。

「……差不多該回房間了。」

「也是。」

小結也感到不安，瞥了大海一眼後點點頭。

也許那個可疑的東西正躲在夜晚大海的某處觀察著我們……小結想到這裡，就變得坐立難安。

「喂！差不多要回房間了！」

爸爸說完這句話後，小萌跑過來問：

「爸爸，我可以帶一隻螃蟹回去房間嗎？小萌要和螃蟹一起睡覺覺。」

小萌用大拇指和食指緊抓著螃蟹殼，遞到爸爸面前給他看。

「爸爸覺得螃蟹不想和妳一起睡覺覺，牠比較想回自己家裡，和自己的爸爸、媽媽一起睡覺覺。」

小萌聽了爸爸的回答，把手上的螃蟹拿到眼前，看著螃蟹突出的眼球，最終輕輕嘆了一口氣說：

「對啊，螃蟹想回自己家裡。」

小萌放開螃蟹，小海蟹橫著快步走在水泥矮牆上離去。

小結他們也決定趕快回房間。

「從外面繞回去比較快。」小匠這麼告訴大家，於是大家沒有返回露台，而是沿著水泥矮牆從鋪滿草皮的庭院南側，繞去別館的入口。

「有人站在棧橋上。」

小匠隔著矮牆，低頭看著碼頭說，所以媽媽也轉頭看向那裡。

一個黑影孤伶伶地站在向海面延伸的細長棧橋前端。

「是經理……。他在那裡做什麼？」

守屋經理什麼都沒做。他只是站在棧橋前端，一動也不動地注視著夜晚的海面。

但是——。

「他在說話……」小結小聲地說。

「什麼?」大家都看著小結。

「他在和某人說話!」

「……但是除了他以外，並沒有其他人。」

小匠凝視著月光下的碼頭說。小結小聲嘟噥說：

「……我聽到那個聲音了。那個奇怪的聲音從棧橋那裡傳來……。我想那個傢伙應該就在棧橋下方的海裡。」

爸爸小聲問小結：

「那傢伙?就是妳剛才說，在海裡的那個?」

「對。」小結點了點頭，繼續豎起了順風耳。

她聽到了經理的聲音，那的確是守屋經理說話的聲音。

但是，無論說話的方式，還是聲音的狀態，都和他平時說話的樣子完全不同。

「我知道，我並沒有忘記約定，只是一直在等待這一天的到來。」

「……………」

大海中響起那個奇妙的聲音，好像在回應經理，經理又立刻回話：「我已經說了我知道，手臂就在這座島上的某個地方，我一定會找到，再耐心等待一下。再稍微忍耐一下，明天才是約定的日子。」

8 洞窟海灣

在不知道「約定」是什麼內容的情況下，「約定」的日子來臨了。

隔天一大早，天空、大海和風都充滿神秘感，帶著一絲不安，好像隱藏了什麼重大的事。昨天的晴朗藍天躲了起來，鐵鏽色和灰藍色的雲被風撕成碎片，飛過小島上方的天空。原本隨著海風緩緩搖曳樹葉的棕櫚樹，也在今天強大的西風中扭動身體，不停地顫抖。

但幸好沒有下雨，所以小結他們在稍晚的時間吃完早餐後，決定

去銀波樓前方的那片海灘走一走。

今天的海浪很大，但和昨晚散步時看到的相比，潮水退到了遠處。爸爸看著小匠在海邊撿起樹枝，然後用力丟向海裡，而樹枝再被海水慢慢帶遠後對大家說：

「退潮了，現在還正在退潮，等退潮結束之後，就開始漲潮。一天之中，會有兩次漲潮和退潮，漲潮的顛峰和退潮的顛峰相隔十一個小時。昨天我們泡完澡時，海浪不是一直沖到我們腳下嗎？那時候可能就是漲潮的顛峰。」

雖然風很大，但從雲縫中探出頭的陽光很明亮，溫暖了空氣，所以有點悶熱。穿著拖鞋的腳被海浪沖得很舒服。

大家走在海灘上，一起在白色沙灘上尋找漂亮的石頭和閃亮的貝殼；觀察著被沖上海灘後曬乾的魚；玩著等待海浪沖過來，在快沖到腳下之前迅速逃走的遊戲。

沙灘上也有很多螃蟹，小萌興奮得手舞足蹈。

「你們看！小萌也會像螃蟹一樣走路！和螃蟹一樣喔！」

一家人帶著用外八姿勢橫著走路的小萌，來到昨晚經理站立的棧橋前端。即使檢查棧橋，或是探頭向海水中張望，也毫無所獲，只看到退潮後露出的橋樁被海浪不斷沖刷。

「我們來為螃蟹造一個家！」

「好啊，用沙子搭一個城堡也很好玩。」

小結贊同小萌的提議，正當一家人信步走回海灘時，看到一個人影衝下從銀波樓通往海灘的石階。

「啊，是幸乃。」

媽媽抬起頭，停下了腳步。

和綾乃奶奶感情很好的孫女幸乃跑了過來。幸乃上氣不接下氣地跑到小結他們面前，肩膀起伏，用力喘著氣，一口氣對他們說：

「我是……來找你們的。大家說要去洞窟的海灣……其他人已經過去海灣那裡。經理說，他忘了告訴你們，所以我來通知你們。」

「洞窟的海灣？」

爸爸嘀咕著，然後和其他人互看著。

「對，他說那個海灣的洞窟深處通往潮入池，就是神社後方的那個池塘，那個池塘裡的水，就是經由海灣的洞窟流入的海水。」

「……對喔，我記得經理昨天也提到這件事，說潮入池就像是大型海水水窪……」

幸乃聽了媽媽的話後，點了點頭，又繼續說了下去。

「洞窟和潮入池之間有一條隧道，平時無法通行，但每年只有幾次可以通行……會有可以通過隧道的日子，今天剛好就是。」

「我知道了！」爸爸說，「今天是春季大潮的日子！妳說每年有幾次，一定是大潮的日子。」

幸乃有點驚訝地看著雜學王的爸爸，點了點頭說：

「沒錯，就是大潮那一天退潮顛峰的時間帶，只有那一個小時，洞窟中的水位會降低，可以在隧道內通行。經理說，只有這個時候，才能走去海主神社後方谷底的潮入池的岸邊……」

「走吧！」

小匠忍不住在一旁插嘴央求。

「搞不好可以看到小鯊魚。」

小結聽了幸乃說的話也深受吸引。

「只有大潮的日子才能走的隧道太棒了！爸爸、媽媽，我們趕快走吧！」

媽媽有點遲疑地歪著頭問：

「午餐怎麼辦呢？現在去海灣，回來就會很晚了，是不是先吃午餐比較好？」

幸乃立刻回答說：

「大家都決定晚一點再吃午餐，因為一旦吃完午餐，退潮的時間就結束了……」

「爸爸，我們去嘛！」

小匠再次央求著。爸爸瞥了一眼螃蟹橫行小高手後問：

「去洞窟海灣的路會不會危險？因為我們帶著幼童，所以恐怕不能走太危險的路。」

「你們知道親山步道的中途有一個展望台嗎？從展望台那裡，有一條通往小島後方海灣的下坡道，因為經理說，我奶奶也沒問題，所以我想小孩子應該也不是問題。」

「快啦！我們快去嘛！」

小結也催促著。隧道只能通行一個小時，絕對不能錯過。聽到其他人已經去了洞窟的海灣，就忍不住著急。

「那我們就去看看。」

因為爸爸終於點頭答應，大家跟著幸乃一起出發前往洞窟的海灣。

他們經過別館，沿著親山步道，朝著和昨天相反的方向走，很快就來到展望台前。昨天經過展望台時，沒有走進這個像涼亭的建築物，涼亭後方是海岬的前端，有一個周圍用石牆圍起的小型廣場，可以眺望四周的大海。

今天的大海在流動的雲朵下翻騰，呈現出不開心的深灰色。海浪撲向海岬峭壁的底部岩石後撞得粉碎，濺起無數白色浪花，沖刷著光禿禿的岩石。

「就是那裡。」

幸乃指著石牆廣場的角落，那裡豎了一塊不起眼的看板。樹樁形狀的支柱上，有一個箭頭指向西方。湊近後細看，才能夠勉強看到箭頭上寫著「洞窟的海灣」幾個字，看板旁是通往海灣階梯的入口，但只是在下坡道上等間隔鋪了像枕木般很粗的圓木，所以也許不能稱為階梯，只能說是坡道。探頭張望後，發現沿著樹林而下的坡道很寬敞，坡度也不會太陡，靠海的那一側還設了欄杆。

「走吧。」

爸爸重新緊緊牽好小萌的右手，對大家說。

「小萌，到海灣之前，不可以再學螃蟹走路。」

媽媽也叮嚀著，牽起小萌的左手。

「那我先去探路！」小匠說完，跑了起來，小結也三步並作兩步，衝下通往海灣的階梯。

「喂！小結！小匠！你們不要跑！萬一跌倒會很危險！」

小結和小匠頭也不回地衝下坡道，媽媽在後方叮嚀的叫聲越來越遠。

當他們沿著坡道而下，離大海越近，就越能感受風中夾著海水的飛沫，海浪的聲音也越來越大。

在即將抵達坡道終點時，小結超越了小匠。

「啊！姊姊，妳太不夠意思了！不可以超越我啦！」

小結不理會大叫的小匠，跳過了逼近眼前的文殊蘭樹叢，發現那片樹叢的後方是面積不大的海灣沙灘。

不到銀波樓前面那片沙灘的十分之一……不，比十分之一更小，這片海灣只有巴掌大。目前是退潮時間，從沙灘到水邊差不多有二、三十步的距離。漲潮的時候，這片沙灘有一半會被海水吞噬吧。海灣後方是陡峭的懸崖，正低頭看著這一小片海灣。

「啊！那裡有洞窟！」

緊跟而來的小匠指著懸崖角落叫了起來。

那個洞穴位在海灣角落……幾乎已經可以算是海中的位置，悄悄地張著嘴。

「咦？那真的是洞窟嗎？」

小結睜大眼睛，微微歪著頭，打量著小匠手指的方向。

那個洞穴和小結想像的拱形隧道入口完全不一樣，只是懸崖的岩石表面形成了一條細長的裂縫。

小匠踩著不時打來的海浪，走近洞穴。裂縫只有一個人勉強能夠經過的寬度，小匠站在那裡向洞穴內張望，發出了「啊！」的叫聲，

聽著他的回音。

「什麼?怎麼了?」

小結也著急地走向小匠。小匠轉過頭，對她笑了笑，點了點頭說：

「沒錯，這裡果然就是那個洞窟。裡面很大，可以看到出口。」

「我看看，我看看。」

小結在小匠身後向裂縫深處張望，也忍不住叫了起來：

「哇!眞的欸!」

看起來像裂縫的岩石縫隙後方，是一片昏暗的寬敞空間。洞窟的頂部很高，整個躲進了黑暗中，看不到了。洞窟底部積了水，從外海漂來的木片、帶著褐色果實的海草枝條等物隨著海浪搖來晃去。

雖然持續有小小的海浪流入洞窟內，沖溼了小結和小匠的腳，但因為退潮的關係，所以許多圓圓的岩石都從積在洞窟底部的水中露出了腦袋。沿著這些踏腳石形成的路往前，就可以看到出口。明亮的光線從比入口更大的岩石裂縫中照了進來。

「其他人都已經去了潮入池嗎？」

小匠嘀咕的聲音在洞窟內產生了回音。小結等回音安靜後，豎起了順風耳。

洞窟的另一端傳來了樹木被風吹得沙沙作響的聲音，和池塘水面的漣漪聲，完全感受不到人的動靜。

「好像完全沒有人……，大家都已經回飯店了嗎？」

但是，從展望台到海灣只有一條路，如果其他人都回飯店了，小結他們在路上會碰到吧？難道他們在小結一家人走到那條路之前，就已經離開洞窟，從親山步道相反的方向回飯店了嗎？

這詭異的情形讓小結和小匠忍不住互看了一眼。這時，爸爸他們才終於來到海灣。

小萌又機靈地爬到爸爸的背上，讓爸爸。

「喔，原來就是這個洞窟。」

爸爸看著小結和小匠說。

「怎麼樣？有通到潮入池嗎？」

媽媽走到他們身旁問。

「嗯。」小匠回答，「可以走過去，雖然下面有點積水……」

揹著小萌的爸爸也走過來，向裂縫深處張望。

「喔，原來裡面很大啊。」

「讓小萌看！小萌也想要看隧道裡面！」

爸爸把手腳亂動的小萌放到沙地上。

「小萌，不可以自己跑進去，妳要和爸爸牽著手，石頭都溼了，容易滑倒，大家都要小心。」

「呀吼！」

小萌對著裂縫大聲叫了起來。

「有人在嗎？」

小萌聽到洞窟內的回音，覺得很有趣，呵呵笑了起來。

「對了，怎麼沒看到其他人？」媽媽問。

「沒有其他人。」

小結回答。

「沒有其他人？」

爸爸和媽媽都驚訝地看著小結。

「隧道另一頭好像沒有人，因為我完全聽不到任何動靜……」

「太奇怪了……，明明幸乃說，大家都已經去了海灣……」

媽媽歪著頭說，接著所有人的目光都集中在幸乃身上。

幸乃站在海灣入口一動也不動，和大家保持距離。幸乃站在那片文殊蘭前，洋裝的連身裙裙襬被海風吹起。

「幸乃，其他人呢？」

媽媽大聲地問站在遠處的幸乃。

幸乃用力吸了一口氣，好像在深呼吸，走向了他們，然後明確地回答了媽媽的問題：

「不在這。」

「什麼？」

信田家的人聽了她的回答，個個都目瞪口呆，面面相覷。

「這裡沒有其他人。」幸乃說：「除了我和你們以外，其他人都在飯店熟睡。八成是守屋經理在早餐內動了手腳，讓其他人都昏睡了。」

「為什麼？」爸爸問。

「妳為什麼……？」媽媽也忍不住發問。

「這是怎麼回事？」小結問。

「動了什麼手腳？」小匠問。

最後，小萌說：「有螃蟹耶。」

幸乃沒有回答問題，瞥了一眼身後說：

「沒時間了，經理應該很快就會來這裡。」

「來這裡幹什麼？」爸爸問。

「經理懷疑你們，他懷疑是你們偷了人魚的手臂。」

「啊？我們？」小匠驚叫起來。幸乃只是瞥了小匠一眼，然後又繼續說：

「你們藏去哪裡了？」

「啊？」

爸爸和媽媽異口同聲地反問。

「人魚的手臂在哪裡？」

幸乃一臉嚴肅的表情問，爸爸以一臉為難的表情開口說：

「妳好像誤會了什麼。人魚的手臂……那個石棺裡的東西去年就被偷了。我們昨天去海主神社時，那個石棺內已經空了。」

「我當然知道。」

幸乃不屑地說。

「妳知道？」

爸爸不解地看著幸乃問。

「手臂去年就被偷了，這次是為了找出小偷，所以邀請嫌犯來這座島上。目前住在銀波樓內客人中的某個人，就是偷走手臂的小偷。信田一先生，守屋經理查出來的小偷就是你。」

「幸乃，妳誤會了。」

媽媽在一旁插嘴說。

「我們去年並沒有來這家飯店，這次是因為某些陰錯陽差，邀請函才會寄到我們家。守屋經理也知道這件事，所以他不可能懷疑我們。」

「騙人了！」

幸乃鎮定自若地斷言。

「才沒有騙人！我們說的話是真的！」小結反駁，小匠也說：

「對啊，我們幹嘛要說謊？更何況憑什麼懷疑我們？明明有很多其他可疑的傢伙，大福先生昨天撬開了石棺的蓋子，宮田先生他們原本也想撬開石棺，只是被大福先生搶先了……。還有另一個人……那個叫內野的阿姨也總是鬼鬼祟祟，超可疑的。」

「那個阿姨是經理的同夥。」

幸乃斬釘截鐵地說，「她是間諜，在經理要求下，鬼鬼祟祟地摸大家的底細。」

小結腦海中浮現了昨天在大廳看到的景象。內內阿姨若無其事地從空無一人的別館走過來，又悄悄去了本館的二樓，而且走路時完全沒有聲音，的確很像是間諜。

幸乃又繼續說了下去。

「雖然你們說，安福先生撬開了石棺，宮田先生試圖撬開石棺，但這反而證明了他們不是小偷。因為小偷比任何人都清楚，石棺裡面根本沒有手臂。」

「也許他們為了讓別人這麼認為，故意這麼做……」

小匠小聲嘀咕。

「妳為什麼這麼想要手臂？」

爸爸問。

幸乃一時語塞，然後緩緩地說：

「因為我想讓綾綾……我想讓奶奶吃人魚肉。」

雖然幸乃的回答在意料之中，但看到她滿臉嚴肅的態度，小結感到背脊發涼。

「如果不吃人魚肉，奶奶很快就要死了。」

爸爸注視著幸乃，靜靜地說：

「守屋經理說，被偷的不是人魚的手臂，而是河童的手臂。在神社流傳的傳說中，也說墳墓中是河童的手臂。我搞不懂……。既然這樣，為什麼不管是誰，都跑來這座島上找人魚的手臂？」

「你不要裝蒜！」

幸乃幾乎是用喊的。

「你心裡明明很清楚！守屋經理不想被人知道自己的祕密，所以才會捏造出『河童手臂』的傳說，而且四處宣揚！」

「妳說的祕密是……就是……」媽媽插嘴問。

「他手上的傷口在轉眼之間就消失這件事嗎？」

幸乃轉頭看著媽媽，咬著嘴唇，似乎在思考，然後把手伸進洋裝口袋，從口袋裡拿出一張折起的紙，露出意味深長的笑容後說：

「那我就給你們看一樣有趣的東西。看了這個，你們就能知道經理的眞實身分了。」

幸乃筆直走向小結他們，然後在他們面前緩緩打開了那張折起的紙，直直地遞到爸爸面前。媽媽、小結和小匠同時湊過去看。

那是一張影印的副本，是舊英文報的影本。有一張照片，上面的大標題是小結不認得的英文字，但是，當大家看向照片時，都忍不住驚叫出聲：「啊！」

照片中有三個人，一個外國年輕人搭著一個矮小日本大叔的肩膀，他們身後有一個女孩站在海邊的沙灘上。

那個外國年輕人滿臉燦爛的笑容，用手緊緊摟著大叔的肩膀，但那個大叔臉上的笑容尷尬又僵硬。

這個笑容僵硬的大叔就是守屋經理，絕對不會錯的。

「……這是什麼時候的照片？」

小匠怔怔地問了這個問題，媽媽倒吸了一口氣。

「你們看！報紙上有日期！是一九四六年八月十五日！」

「什麼？一九四六年？」

小結一時搞不清楚什麼狀況，脫口反問道。

「就是戰爭結束的隔年。」爸爸說，「也就是說這是六十多年前的照片。」

9 大潮

小結、小匠、爸爸和媽媽注視那張老照片很久，只有小萌蹲在大家的腳下，看著從洞窟的裂縫進進出出的螃蟹。

「……上面寫什麼？」小結終於忍不住問爸爸。

「奇蹟般的重逢！救命恩人竟然還活著！」

爸爸把英文標題翻譯成日文後朗讀給大家聽，然後又接著說道。

「報導中提到，第二次世界大戰末期，一架美軍軍機墜落在洞江島，當時的飛行員在二戰結束隔年前往洞江島，奇蹟似地遇到了當年

的救命恩人。飛行員名叫羅勃特．班中尉，二戰末期，在一場太平洋上方的空戰中被敵機……也就是日軍的戰機擊落，班中尉因為自己的操作失誤，在名為洞江島的小島海岸墜機。墜落時的巨大衝擊，導致他無法逃出駕駛艙，住在該島上的日本男子救了他一命。但是在救出班中尉後，飛機爆炸，燒了起來，救了中尉的日本男子不幸被機體碎片擊中而送了命。

之後，班中尉很快被友軍的船隻救起，平安迎接了二戰結束，但他並沒有忘記捨身救他的恩人。他決定造訪洞江島，為離世的救命恩人建一座紀念碑。

沒想到當他來到洞江島時，發現原本以為已經離開人世的恩人竟然還活著。

這張照片就是羅勃特．班中尉和當時的救命恩人的奇蹟地重逢時的合影，站在他們身後的是恩人的女兒。恩人的名字是——守屋莊

UGUST 15, 1946
M
Robe
ter"
coc
to us
isla
Wher
say r
how
Th
ankn
Kou-
for i
1945
wher
Thi
"I'm
He
that
ever
long

吉。」

「所以……」媽媽還沒説完，小匠就接著說：「就是守屋經理。」

幸乃開口説：

「知道了吧？守屋經理的眞實身分。這傢伙，即使遇到飛機爆炸，也沒有送命。即使被玻璃碎片割到，他身上的傷口也很快就消失不見了，而且完全沒有變老。因為他吃了人魚的肉。」

「沒錯。」突然傳來一個説話聲，所有人都差一點跳起來。

抬頭一看，守屋經理正撥開文殊蘭，踏入海灣的沙灘。

他不慌不忙，沉著地邁步穿越沙灘，走向小結他們。

他的臉上一如往常帶著溫和的微笑，但是現在反而讓人感到不寒而慄。

經理終於走到小結他們面前，首先看著幸乃，輕輕嘆了一口氣。

「我太大意了，這次我沒有注意妳，而是把注意力放在妳奶奶身上。妳上次入住時，就很積極打聽這座島上的人魚傳說，以及海主神社祭祀的『手臂』。我對於像妳這麼年輕的女生為什麼獨自來這座島上玩，以及為什麼對長生不老這麼有興趣感到不解，所以海御前王的手臂失竊後，我想到幾個可疑的對象時，腦海中也浮現出妳的名字。我立刻調查了妳的情況，蒐集了妳的資料，於是發現妳和妳奶奶一起生活，妳奶奶在戰後曾短暫在美國領事館工作。我還以為是妳奶奶記得在領事館時代找到的報導內容，教唆妳做什麼事……。所以這次妳和妳奶奶一起來這裡時，我把注意力放在妳奶奶身上，並沒有太在意妳……。話說回來，這張照片……」

經理說著，看著爸爸手上那張影印的照片，皺起了眉頭，好像看到了什麼髒東西。

「所有的麻煩事的起源都是因為這一張照片。當時，美國的記者拿起相機對著我，我認為外國的報紙應該沒問題，於是就答應了。我平時都絕對不讓別人拍到我的照片，這次那個攝影師後藤先生也為我拍了照片，我剛才趁他睡覺時，把照片刪掉了。我向來在這件事上都是小心再小心的，但那一次太疏忽，讓他們拍了照片。

網路社會眞是太傷腦筋了，我做夢也沒有想到，竟然有一天能夠輕易看到好幾十年前的外國地方報紙。早知道會有這種事，當時絕對不會同意拍照片。」

「照片上的人就是你嗎？」爸爸問。

「沒錯，這是六十四年前的我。」

和六十四年前長得一模一樣的守屋經理點了點頭。

「你是不是吃了人魚肉？否則不可能不變老。」

幸乃咄咄逼人地問。

「是啊，我吃了人魚肉。」

經理再次點頭，靜靜地看著所有人說：

「我吃了人魚肉，但是我先聲明，和這座島上的神社祭祀的海御前王的手臂完全沒有任何關係。那不是人魚的手臂，海御前王並不是人魚，而是河童。」

「騙子！」

幸乃大叫著。

「你只是想獨自霸占人魚肉！你只想自己長生不老，不願意和別人分享人魚肉的威力！」

「怎麼可能……」

經理突然發出嘲諷的笑聲，又接著說：

「妳聽我說，吃了人魚肉，不會變老，想死也死不了，必須一直活下去。妳根本不知道這樣有多痛苦。」

幸乃愣了一下，可以感受到她有點畏縮。經理露出陰鬱的眼神注視著幸乃，然後環顧在場的所有人，靜靜地說：

「我在這座島上已經活了八百年。」

「八百年……」

小結忍不住小聲嘀咕。她無法理解那是多麼漫長的歲月，也無法理解活八百年是怎麼一回事？有多麼痛苦……。

小結只能茫然地看著從很久很久以前的過去，就一直生活在這座島上的守屋經理的臉。

爸爸開了口。

「您剛才說，您吃的人魚肉和海御前王的手臂沒有關係，那麼到底是在哪裡，又是怎麼會吃到人魚肉？您究竟遇到了什麼事？」

「我只是救了在暴風雨中落海，漂流到這座島上的漁夫。」

經理恢復了平時的說話語氣回答。

「那名漁夫說要向我道謝，就送了我人魚肉。我當時並沒有把漁夫的話當真，只是覺得他送我的肉和之前看過的所有魚肉都不一樣，覺得很可怕，於是就塞進了爐灶上方的罈子，然後就忘了這件事。」

經理說到這裡，停頓了一下，閉上了眼睛。小結覺得經理正在回想內心深處的痛苦回憶。

然後，經理終於說出了回憶。

「我女兒吃了人魚肉。那天我從外面回家時，看到女兒正在把白色的肉塊丟給她很疼愛的貓吃。我立刻發現那就是我之前放在罈子內，然後就忘記的那塊來路不明的

肉。我問女兒：『妳也吃了嗎？』她回答說：『吃了。』我看了罈子內，發現罈底還有一塊白色的肉。奇怪的是，我把那塊肉丟在那裡很長一段時間了，但肉完全沒有發臭，也沒有乾掉，和我放進去當時完全一樣地留在那裡。

我看到之後，突然感到害怕。看到不會發臭的肉，想到漁夫說的話也許是眞的。如果那眞的是人魚的肉，吃了人魚肉的女兒，會變成什麼樣呢？

我不該把漁夫送給我的肉就這樣放在罈子裡的，因為我的疏失，女兒才會吃下人魚肉。我當時想，不能讓女兒一個人吃下這麼可怕的東西。所以我也吃了，把剩下的那個肉吃了下去——那個眞的是人魚的肉。」

守屋經理的話，讓在場所有人胸口緊揪著，深感沉重。

「……所以，你女兒也……？」

爸爸小聲問道，經理點了點頭。

這時，看著爸爸手上那份影本上照片的媽媽叫了起來：「啊！這個人……」

媽媽說到這裡，把後面的話吞了下去。媽媽注視著照片中守屋經理的女兒，但拍得有點模糊，只見她默默地站在搭著肩膀的兩個人後方，臉有點失焦，看不太清楚，但是小結發現曾經看過那個人。

「騙人！」

幸乃大叫著。

「騙人！絕對有人魚的手臂！他胡說八道，想要騙我們！他一定把人魚肉藏起來了！說什麼海御前王是河童，海御前王的手臂是河童的手臂，我怎麼可能相信這種事！」

幸乃顯然亂了方寸。她想必無論如何都不願意相信，為了綾乃奶奶尋找的「人魚手臂」竟然根本不存在。

守屋經理看著幸乃，用力嘆了一口氣，然後無奈地聳了聳肩。

「這樣啊，所以妳無法相信，但是，我相信妳看了那個之後，就會改變心意的。」

經理說完這句話，從海上吹來暖暖的風，他抬起頭看向海浪撲來的方向。

從太陽下拂過的雲的，影子滑過沙灘，風乾的海草一團團地被風吹得在砂子上打滾。

所有人也都不知怎地看向守屋經理凝望的大海。

他在等什麼？**會有什麼出現嗎**？小結內心突然浮現了這個想法。

這時，她的順風耳捕捉到了奇妙的語言。

是說不上是語言的一種語言。既像是呢喃，又像是細語，沒有意義的低語。

那一定就是昨天晚上，在大海中來路不明的東西所說的話。

「有什麼東西過來這裡了。」

媽媽指著海上說。那個東西越過海浪，滑行般游到小結他們所在的海灣。不，不是只有一個。十個？二十個？……海浪之間露出很多小腦袋。

那些東西游泳的速度很快，和海灘之間的距離迅速縮短，而且游泳時完全沒有濺起任何浪花。起初那些腦袋看起來像黑色的點，但越來越大，最後終於看到了牠們的臉。小結和小匠同時「啊！」了一聲。

「……是河童……」爸爸小聲嘀咕著。

原本在看螃蟹的小萌站了起來，興奮地大聲叫了起來：

「河童！萬歲！有好多啊！」

「小萌！噓！不要吵！」媽媽制止了蹦蹦跳跳的小萌。

河童來到海灣後，停在離岸邊一小段距離的地方，漂啊漂地浮在

水面上看了過來。

河童的臉是有點暗的綠色，就像煮熟的青椒。仔細觀察後，發現每隻河童的皮膚顏色有微妙的差異。有的帶了一抹紅色，也有的微微泛黃，也有相對鮮豔的亮綠色，眼睛又圓又大，很像青蛙。嘴巴的上顎和下顎向前突出，很像海豚的嘴巴。

和傳聞中一樣，河童的頭頂有一片皮膚光禿禿的，像盤子的形狀。盤子的部分很硬，顏色比臉上的皮膚稍淺，有點蒼白，閃亮亮的。周圍長出像黑色海草般的頭髮蓋在大眼睛的上方。

「是河童……」

小萌再次深有感慨地說。

「媽媽……，海主神社的消災避禍護身符有沒有帶在身上？」爸爸問，但媽媽沒有出聲，只是搖了搖頭。

「這不是真的……。這不是真的，這不可能是真的……」

幸乃用快哭出來的聲音小聲地說。

「這不是夢，也不是幻影，而是現實。」

守屋經理說。

「我不是說了，這一帶的海域自古以來，就有很多河童嗎？雖然現在數量已經大為減少，但河童目前仍然在這片海域生活。海主神社的海主就是河童的海御前王。聽好了，這座島上的神社祭祀的是河童海御前王，這件事千眞萬確。

七百年前，法力無邊的戒景和尚被流放到這座島上，用法力抓住了河童大王，然後砍下了海御前王的一條手臂，作為河童再也不為非作歹的保證。」

遠方的天空顏色有著不祥的氛圍，傳來了轟隆隆的雷聲。

守屋經理抬頭瞥了一眼天空，但毫不在意地繼續說了下去。

「我昨天也曾經告訴你們這件事，但昨天我沒有提到一件事。砍下海御前王手臂的戒景和尚在京都犯下了謀反罪，被流放到孤島才來到這座島上。

海御前王要求戒景和尚歸還手臂，戒景和尚約定，只要海浪能夠超越潮入池的蠟燭岩，就會歸還手臂，但是，海浪根本不可能超過池塘內的蠟燭岩。對海御前王來說，這個約定根本是空頭支票。海御前王一怒之下，對這個洞江島下了一個詛咒作為報復。

『在我的手臂還給我之前，目前這座島上的所有一切都永遠無法離開這座島。』

海御前王的詛咒應驗了，被流放到這座島上的戒景和尚一輩子都沒有獲得平反，最後死在這裡。之後出生的人，或是從其他地方來到這座島上的人並沒有受到詛咒，但是當時生活在島上的人到死之前，都沒有離開這座島。

有壽命的人很幸運，但是你們應該能夠瞭解，對長生不老的我和女兒來說，這個詛咒代表了什麼意義？我們死不了，也無法離開這座島，之後七百年的時間，我們都在這座島上守護著海御前王的手臂。沒錯，『守屋』這個姓氏的意思就是守護海御前王手臂的家族。因為戒景和尚知道我和我女兒的情況，他在去世之前，命令我要守護海御前王的手臂，賜給我這個姓氏。

不久，在墳墓上建造神社之後，這裡成為海神的島，禁止捕魚，除了我們以外的島民全都離開了這座島……」

經理說到這裡，停了下來，看向大海。浮在海浪之間的河童似乎也在聽經理說話。經理看著這些河童說：

「但是，終於迎來了可以擺脫這個詛咒的日子。

今天晚上，海御前王會來拿回手臂。自從兩年前那場地震，震落了蠟燭岩頂端的那天起，我就知道遲早會有這一天。再加上不知道是受到地球暖化的影響，還是海流的關係，這座島周圍的海水水位也升高了。

去年，我們也曾經苦苦等待。每次大潮漲潮顛峰時，我們都以為海浪會超越蠟燭岩，但每次都還差那麼一丁點。秋季大潮的前夕，我認為這次一定能夠超越……於是和女兒做好把手臂還給海御前王的準備，那時才發現手臂不見了。

不知道是幸運還是不幸，秋季大潮的那一天，海浪並沒有超越蠟燭岩。」

經理停頓了一下，然後加重語氣說：

「但是，今天絕對不會錯。你們有沒有看天氣預報？目前低氣壓籠罩了這座小島。

很快就會下雨了。下雨、低氣壓，再加上大潮的漲潮，今年海浪一定能夠超越蠟燭岩，戒景和尚的承諾終於要兌現了。」

海裡的河童開始輕聲說著不可思議的語言騷動起來，好像在回應守屋經理說的話。

「牠們在說，『約定的日子到了』。」

小結聽到小萌小聲說這句話。就像小結從狐狸家族繼承了「順風耳」的能力，小萌也繼承了「魂寄口」的能力。人類以外的生命可以透過小萌的嘴巴說話，小萌現在是一定想要傳達河童說的話。

經理再度開了口。

「所以，現在有一個問題，那就是關鍵的海御前王的手臂還沒有找回來。」

守屋經理說話的同時，露出責備的眼神，目不轉睛地看著爸爸。

「什麼？我嗎？」

爸爸對這出乎意料的發展感到目瞪口呆。

「不，我先聲明……我懷疑的並不是你，而是冒用你名字的冒牌信田一先生。」

守屋經理說話時，沒有移開注視爸爸的視線。

「發現海御前王的手臂遭竊時，從客人中尋找嫌犯並不是太困難的事。因為這家飯店每年來住宿的客人並不多，我們經營這裡並不是為了賺錢，說白了，我們經營銀波樓，是為了能夠繼續在這座島上生活的掩護。

以前，這一帶海域島嶼的漁夫都知道戒景和尚當年制服河童這件事，戒景和尚降伏了在這一帶海域為非作歹的河童，是漁夫眼中的英雄，即使在去世之後，仍然受到崇拜。這座洞江島也被視為是消除海難的小島，是祭祀海御前王手臂的聖地。在漫長的歲月中，受到了不同時代當權者的保護。

但是，當世界各地開始發生戰爭後，一切都開始變了樣。人心動蕩，歷史被人遺忘，遵守海御前王約定的我們失去了支持的力量。

我和我女兒很幸運，因為我們在第二次世界大戰末期，偶然救的一名美軍戰機的飛行員，其實是超級有錢的富二代。羅勃特．班──他在戰爭結束，和我們重逢之後，經常來這座小島，然後建了銀波樓作為他的別墅。他沒有成家，在五十年的短暫人生結束之後，把一部分財產留給我們。……沒錯，我把自己長生不老的祕密告訴了他。他是我八百年的人生中，唯一的朋友。」

守屋經理在說這句話時，露出了有點落寞的眼神。

「我用他留下來的錢創立了公司，雖然生活在這座島上，但我妥善運用資金進行投資，讓業績順利成長。這並不是幸運，而是我這八百年人生經驗的功勞。在我眼中，這個世界上的人都很嫩。我知道大部分事情的發展，也知道該怎麼做。

目前這家飯店表面上是我公司名下的財產，我的公司是一家赫赫有名的大企業，你一定也有聽過。即使公司內部的人，也不知道公司名下的這家虧錢飯店的經理，其實是大企業集團的老闆。飯店的工作人員都是每次有客人入住時短期僱用，同一個人不會僱用兩次，也努力不讓客人成為老主顧。飯店幾乎不進行宣傳，不打廣告，只接受偶然得知這家飯店，打電話來預約的客人。我們不會讓客人多次入住，最多只招待一次或兩次……。之後即使客人來預訂，也都會巧妙地加以拒絕。

除此以外，我們也用各種方式，付出各種努力，在戰後繼續隱瞞長生不老的祕密，不為人知地生活在這座島上。……不，應該是被困在這座島上。」

「你們把手臂還給海御前王，不就解決問題了……」

小匠說，守屋經理露出寬大的微笑，緩緩搖了搖頭說明：

「在以前的時代，約定的力量比現在更強大。一旦約定，任何人都無法毀約……。有些約定就是這麼強大。」

經理說完後，再度將視線移到爸爸身上。

「信田先生，我徹底調查了所有可疑客人的底細，他們為什麼會對人魚手臂的傳說產生興趣？怎麼會知道我們的祕密？然後縮小範圍，這次邀請了所有嫌犯來到這座島上。

名叫安福慶次郎的老人上次入住這家飯店，我就隱約察覺到他的身分了。

他就是擊落羅勃特．班的那架日本戰機的飛行員，我當時同時救了擊落和被擊落兩架戰機的飛行員。

但嚴格來說，日軍戰機的飛行員並不算是我救的……而是他自己漂到這座島的海岸。他連同戰機一起墜落海上，他抓著解體的一部分機身，隨著海浪漂了過來，在我救起羅勃特中尉的隔天，漂到了這座島上。安福先生上次住在銀波樓時，應該看到我之後想起了六十四年前的事，然後對我的外表看起來和當年一模一樣產生了狐疑。他和他太太也是希望能夠獲得人魚肉，避免自己繼續變老的樣子。

但是，並不是他們偷走了海御前王的手臂，他們並不知道手臂在去年已經被偷了。

宮田先生的情況更加單純，他是雜誌的記者，他打算寫這片海域的戰爭歷史。在蒐集資料時，無意中找到了那篇英文報導。宮田先生來這座島取採時得知了人魚傳說，再看到我之後，就猜到是怎麼回事。他認為可以寫成一篇有趣的報導，其實他去年來這家飯店住宿之後，曾經多次要求採訪，我當然都拒絕這些採訪了，但是，他也不是偷走手臂的小偷。他想要的並不是人魚的手臂，而是獨家新聞。

我在調查所有嫌犯後，一個很不可思議的人浮現到檯面上了。那個人名叫信田一，雖然他自稱是『冒險家』，但是我在調查之後，發現他是在大學教植物學的老師，已結了婚，有三個孩子。我無論如何都找不到這個人和這座小島的祕密之間有什麼交集點。當初那麼積極地打聽祕密，但無論怎麼調查，都完全沒有發現任何可疑的地方，我認為這反而更加可疑。」

爸爸聽了經理的話，輕輕嘆了一口氣。沒有任何可疑的地方並不是爸爸的問題，關鍵在於有太多可疑之處的夜叉丸舅舅冒用了爸爸的名字。

經理又繼續說了下去。

「而且，還有另一個關鍵的理由，讓我決定把這名自稱冒險家的人加入嫌犯的名單。那就是天氣的問題。

因為海御前王的詛咒，在那條手臂歸還給海御前王之前，無法離開這座小島。你們應該能理解吧？就像我和我女兒無法離開這座小島一樣，海御前王的手臂也無法離開。如果有人試圖把手臂帶走，就會導致狂風大浪，渡船無法航行。

這座島周圍的潮流速度很快，遇到天候不佳時，渡船就會因為海象惡劣停航。其實，信田一先生上次準備離開時，海象極其惡劣，導致二度停航。」

「呃。」信田家的所有人都發出了呻吟。

「每次海象惡劣時，我就會把海御前王的詛咒以民間故事的方式說給客人聽，然後用半開玩笑的方式說，『如果有人偷帶了這座島上代代流傳的古老物品，請立刻放回去，否則渡船就無法出航。』

事實上，至今為止，曾經有人順手撿了島上的石頭，想要帶回去當作紀念品。那個人聽了我說的話，立刻把石頭丟在地上，天氣就立刻恢復了晴朗，所以大家都很吃驚。那天海象惡劣只是巧合嗎？還是和海御前王的詛咒有關……」

這時，幸乃突然開了口。

「我去年打開石棺的蓋子時，海御前王的手臂就已經不見了。」

所有人都同時看向幸乃。幸乃的表情一臉僵硬，繼續說了下去。

「我去年一個人來這座島上時，曾經去了神社，打開了石棺的蓋子。原本並沒有這樣的打算，但在檢查石棺時，發現蓋子上好像有被敲過的凹洞……於是我就想，如果用硬棒塞進蓋子，搞不好我也有辦法移開……於是我就回到飯店，拿了一根撬棍，移開了蓋子，看了石棺內的情況。

沒想到石棺內空無一物……，根本沒有海御前王的手臂。於是我只好把蓋子重新推了回去，然後回到了飯店。」

守屋經理聽了幸乃說的話，用力吸了一口氣，然後吐了出來。

「這是相當有力的證詞。」經理說，「佐竹幸乃小姐上次是在八月十三日入住，假冒信田一的冒險家是在三天之前的八月十日入住銀波樓。」

10 約定

「嗯，嗯。」爸爸輕聲附和，似乎想要打破眼前沉重的靜默。

「但是，您應該知道，去年假冒信田一名字入住銀波樓，自稱是冒險家的男人並不是我。」

守屋經理點了點頭說：

「我當然知道。雖然知道，但那個人是你們的親戚，對嗎？」

「嗯……是啊……算是吧……」

爸爸勉為其難地點了點頭。

有人。

「而且……」經理說著，把原本看著爸爸的視線移向信田家的所

「你們應該有什麼事瞞著我。」

海灣內被潮溼熱風籠罩的空氣似乎突然降溫了，空氣中瀰漫著一觸即發的緊張。

經理看向媽媽說：

「昨天得知冒牌信田先生的身分後，我又稍微調查了一下，但無論怎麼調查，都查不出妳哥哥到底是什麼人。」

經理當然不可能查到，因為夜叉丸舅舅並不是人類，而是狐狸。媽媽和媽媽的家人並不是生活在人類世界，而是生活在不同世界的家族。

經理已經快發現信田家的祕密了，不，這個活了八百年的人，可能已經發現了信田家的祕密。

「……你到底要我們做什麼？」

爸爸靜靜地問。

「請你們和他聯絡，請你們設法和你們哥哥聯絡，問他海御前王手臂的下落。

這是解決問題的唯一方法。即使我使出渾身解數，不要說找出他的下落，甚至無法知道他的眞實身分，所以你們是我唯一的希望。

對我和我女兒來說，現在是能不能離開這座島嶼的關鍵時刻。這一天，我們等待了七百年，如今終於等到了，但是，如果找不到手臂，就無法完成和海御前王的約定。

請你們無論如何都要找出海御前王的手臂，不，你們會找到海御前王的手臂的。」

「我們？」

爸爸驚訝地問。

「如果找不到呢？」小匠問，經理的臉上就像海水退潮般，收起了平靜的表情。

「我不願去想這種事。」經理面色凝重地說。

「如果不遵守約定，海御前王一定會大發雷霆。因為海御前王也在這七百年以來苦苦等待，我無法想像如果海御前王拿不到手臂，會有多憤怒。

到底會發生什麼事？最後會有怎樣的結果？但是，有一件事我很肯定，海御前王絕對不會手下留情，對祂來說，沉沒一、兩個小島根本易如反掌。」

海浪上的河童鼓譟起來，好像在回應經理的話。這些河童似乎離岸邊越來越近了。

「牠們說『歸還手臂』、『約定的日子到了』、『歸還手臂』、『約定的日子到了』。」小萌再次小聲地為大家翻譯河童說的話。

「牠們過來這裡了！」

小匠緊張地說。

「不……，海浪還沒有超越蠟燭岩，現在牠們還不會過來。」

爸爸說完這句話，最後不安地補充說：「……應該是這樣。」

媽媽從包包中拿出了手機。

「總之，我聯絡爸爸看看，他可能知道哥哥在哪裡。」

媽媽的故鄉狐狸山當然接不到手機，媽媽應該是假裝用手機打電話，然後把意念傳給爺爺。

爸爸移動身體，擋在媽媽面前。

「我太太正在和家裡聯絡，請等一下……」

媽媽沒有按手機號碼，而是集中意識，嘴裡唸唸有詞。

「我太太打電話時，我可以請教您幾個問題嗎？」

爸爸問守屋經理。

「呃，關於那個冒牌信田先生的行動，是否可以把你記得的情況告訴我？你剛才說，渡船兩次出航，結果都因為海象惡劣而停航。可不可以請你特別針對當時的情況詳細說明一下……。在等待出航期間，冒牌信田先生在哪裡？他一直都在飯店嗎？還是他去了什麼地方？」

經理稍微仰起頭看向天空，一動也不動地思考著。

小結違反規定，豎起了順風耳。事到如今，已經不是注意有沒有禮貌的時機了……，她太關心媽媽和狐狸山聯絡的情況了。

小結聽到了媽媽在嘴裡非常小聲的呢喃。

「爸爸，拜託你，我晚一點再向你說明詳情……。請你告訴我夜叉丸哥哥目前的下落，哥哥把我們害慘了。……你也不知道？……失戀？哥哥嗎？他向吸血鬼族的女生求婚？……對方當然會拒絕他。……所以他就心情沮喪地出門旅行嗎？不能至少告訴我他去哪個方向旅行嗎？……喂？爸爸！你聽到我說話嗎？……喂、喂喂！」

完了……小結在心裡嘆著氣。

看來是沒辦法得知夜叉丸舅舅的下落了，即使知道他的下落，舅舅也不可能理會媽媽的召喚。因為他正在失戀旅行……

小結偷瞄了八百歲的經理一眼，在內心嘀咕著。

隱瞞長生不老的祕密，活了八百年的確很辛苦，但媽媽也隱瞞了她是狐狸的祕密，和狐狸家族的親戚打交道也不是一件輕鬆的事……

經理在長時間思考後，終於開口。

「那一天，回程的渡船直到下午才出航。平時通常都是用上午的航班送客人回海港，但是那天客人一上船，就開始下雨，海浪也變得很洶湧。於是我就先帶客人回到飯店，在大廳等候。不一會兒，天空就神奇地放晴了，海浪也平靜下來，於是我又帶著客人去碼頭，沒想到又發生了相同的情況，天氣突然發生變化。因為太危險，所以只能放棄出航。

所以那天又為客人提供了午餐，決定下午再送客人去碼頭。當時天氣很好，風平浪靜。關於你剛才問的問題，冒牌信田先生幾乎都和其他客人一起行動。

只有一次，我說要為大家提供午餐，過了一會兒，他說要去看看大海的情況，然後就離開了飯店。他離開的時間大約有十五分鐘到二十分鐘左右，要吃午餐時，他剛好趕上了。」

媽媽趁經理停下來的空檔，立刻對爸爸咬耳朵說：

「打聽不到，爸爸不知道哥哥去了哪裡。聽說他被女生甩了，出門旅行療傷了，也沒有說要去哪裡……」

爸爸聽了媽媽的話，嘆了一口氣，心灰意冷地細語：

「我就知道會這樣……」

夜叉丸舅舅經常在根本沒有人找他的時候出現，重要的時候卻不見蹤影，這是他的拿手絕活。

爸爸打起精神，深呼吸後，繼續向經理發問。

「呃，不好意思，我還有另一個問題。每次海象惡劣，渡船無法出航時，都會把剛才說的海御前王詛咒的事告訴客人，那天您同樣也說了嗎？」

守屋經理再次看著天空，但這次沉默的時間比較短。

「是在第二次放棄出航，回到飯店的時候說的。因為第一次回到飯店時，忙著和海港聯絡，處理各種事情。讓客人吃完午餐，決定延到下午再出航，並且通知客人這件事時，我才說了海御前王的事。

……沒錯，我就是在那個時候說的。」

「所以……」這次輪到爸爸看著天空，「如果那傢伙……不，我是說我的大舅子如果想處理掉海御前王手臂的話，就是在聽你說了這件事之後。……這麼說來，唯一的機會只有午餐前離開飯店的時候。他在十五到二十分鐘這麼短的時間內，到底怎麼處理那隻手臂？照理說不可能放回神社……」

「是啊。」經理點了點頭，「如果從飯店去神社，然後再回到飯店，單程就需要十五分鐘，來回要三十分鐘。即使他拼命跑去神社又跑回來，時間上也來不及。

而且我記得冒牌信田先生從外面回來時，是由我帶他去餐廳，當時他並沒有特別喘。」

「是不是把手臂藏在離飯店更近的地方呢？」小匠問，爸爸搖了搖頭。

「不……，如果藏在飯店附近，不知道什麼時候會被人發現，以那傢伙……不對，以他的性格，他不可能做這種危險的事。」

「他這個人很膽小。」小結也附和道。

「會不會是沙灘呢？」媽媽問，「如果藏在沙灘，從飯店看不到，就不用擔心了，他會不會埋進沙灘的某個地方或是藏了起來？」

「搞不好從那裡的沙灘丟進了大海……」小結說。

「怎麼可能做這種……」媽媽說到這裡，沒有繼續說下去，然後立刻改口說：「不對，很有可能。」

小匠驚訝地看著媽媽和小結說：

「丟掉？丟進大海？那是祭祀在神社的寶物！夜叉丸舅舅再怎麼離譜，也不可能把神社的寶物丟進海裡！」

媽媽也嚴肅地開了口。

「夜叉丸哥哥不會說自己的行為是把手臂『丟進大海』，他一定會說『歸還給大海』。那條手臂本來就是河童海御前王的手臂，既然這樣，就不應該祭祀在神社，而是應該歸還給原本的主人。他一定會這麼說。」

「等一下。」

這次輪到小結震驚地看著媽媽說：

「所以妳是說，夜叉丸舅舅偷了海御前王的手臂，是為了歸還給海御前王嗎？」

「當然不是。」媽媽馬上回答。

「他起初當然鐵定是因為自己想要，但知道了海御前王的詛咒，他身上帶著那條手臂會導致海象變差，渡船無法出航……哥哥聽到這件事，一定嚇壞了……處理麻煩物品最簡單的方法，就是丟進海裡，而且只要丟進海裡，不就變得很順理成章嗎？他可以辯稱『我原本就是為了讓海御前王的手臂物歸原主才偷的！』」

小萌看河童看膩了，又蹲在洞窟前和螃蟹一起玩。

「媽媽、爸爸，我們不進去隧道嗎？螃蟹在說『這裡、這裡。』」

但是，沒有人有空理會小萌。

爸爸開口說：

「假設他把手臂丟進大海的話，會怎麼樣？」

經理回答說：

「正如我剛才所說，那條手臂也受到了海御前王的詛咒，即使丟進了大海，我推測它也無法離開這座小島，應該會被海浪沖回海灘。但是……」

經理停頓了一下，又接著說：

「那天回海港的渡船停靠在海灣的碼頭，渡船的船長也在船上，所以我認為不太可能把手臂藏在海灘，或是從海灘把手臂丟進大海。因為碼頭可以看到整片海灘。」

「爸爸！」

小萌太無聊了，拉著爸爸的長褲褲腳說：

「螃蟹說『趕快、趕快，這裡，這裡』。」

爸爸突然大叫說：

「是展望台！」

所有人都看著爸爸。

「只有那裡！在展望台的海岬把手臂丟進海裡，就可以在二十分鐘以內來回，而且最簡單，又不會被人看到！」

爸爸雙眼發亮，看著經理問：

「守屋經理，假設是從展望台把手臂丟進大海呢？會怎麼樣？

海御前王的手臂會因為祂自己的詛咒無法離開這座島，你覺得會回到這座小島的哪裡呢？」

經理想了一下，立刻靜靜地回答說：

「從展望台的海岬丟進海裡的東西，會隨著小島周圍的潮流沖到西方，最後應該會流入這個海灣。」

「或者……」爸爸說話時，雙眼注視著剛才那些小海蟹默默鑽入的洞窟入口。

「也可能經由這個洞窟，被沖去後方的潮入池。」

所有人都注視著岩石之間的狹窄裂縫。

守屋經理輕輕聳了聳肩說：

「並不是完全不可能。但是八月之後，我和女兒多次來到這片海灣，也去看了潮入池不只一次。如果海御前王的手臂被沖到海灘上，或是浮在海面，我們應該會發現。」

被大家無視的小萌氣鼓鼓地站了起來，擋在爸爸面前。

小萌抬頭看著爸爸，用力抓著爸爸的T恤下襬，生氣地說：

「爸爸！有沒有聽到我說話！螃蟹在說『這裡』！你沒有聽到嗎？牠們說『海賭神的手臂在這裡』！」

爸爸驚訝地低頭看著小萌，媽媽也看著她，小結和小匠也是……。

守屋經理和幸乃也都看著信田全家人注視的小萌，不知道發

生了什麼事。

爸爸看著小萌的眼睛，語氣溫柔地問：

「妳說的海賭神就是海主神嗎？」

「對啊，就是海賭神嘛。」

爸爸、媽媽、小結和小匠火速地交換了眼神，馬上瞭解狀況。看來小萌的「魂寄口」正在傳達螃蟹說的話。這些住在海灣洞窟內的螃蟹，借了小萌的嘴巴，告訴他們「海主神的手臂在這裡」。

「這到底……？」經理問到一半，爸爸就靜靜地打斷了他。

「我們去看看，無論如何，先去看了再說。我們從洞窟，去潮入池。這樣做的話，也許就可以知道些什麼。」

爸爸率先走進了退潮的洞窟內，小匠跟在爸爸身後，小結和媽媽牽著小萌的手，跟在後方。幸乃和經理也跟著信田家的人走進了洞窟。

潮水幾乎都退了，洞窟底部露出了比剛剛更多的岩石。被海浪持續沖刷的岩石頂部很光滑，走路時一不小心，就很容易滑倒。岩石的小洞中有許多海蟑螂，大家每走一步，海蟑螂就像影子般在岩石的壁面上移動。

洞窟很高，空間很寬敞，但離另一頭洞口的距離並不遠。走在最前面的爸爸很快就來到洞口，當他準備從裂縫走出洞窟時，似乎在腳下的水窪中發現了什麼。

「咦？」爸爸的聲音在洞窟內產生了回音。

「怎麼了？發現了什麼嗎？海御前王的手臂嗎？爸爸，你發現了什麼？」

正後方的小匠催促著。

「不……，不是……。我發現了難得一見的東西……。這是……海菖蒲的雄花！」

「爸爸，現在不是研究植物的時候，你擋在那裡，後面都塞車了。」

失望的小匠生氣地說，爸爸才終於從裂縫走出洞窟。

「太壯觀了！」

爸爸走出裂縫後，興奮地叫了起來。其他人也紛紛走出出口，站在潮入池岸邊的沙灘上。

昨天從山上看到的潮入池，此刻就出現在小結他們的眼前。綠樹茂密的山谷谷底，潮入池的水面泛著細微的漣漪，靜靜地反射著陽光。今天的陽光比較弱，所以池水看起來不是昨天看到的祖母綠顏色，而是帶著翡翠般神祕的色彩。因為退潮的關係，潮入池中央的蠟燭岩看起來比昨天更高聳。像這樣近距離觀察時，發現池水清澈透明，可以清楚看到池底的石頭。

「好美……」

小結忍不住叫了起來。

「該不會要我們從潮入池中找出被偷的手臂吧？」

小匠不安地東張西望，皺著眉頭說。

媽媽彎下身體，看著牽著她的小萌，小聲地問：

「小萌，螃蟹有沒有說什麼？」

小螃蟹在小萌腳下的沙地上緩緩地走來走去，小萌注視著螃蟹，

聽了媽媽的問題，一臉茫然地抬起頭說：

「沒有，牠們什麼也沒說，沒有說話，只是散步……」

「什麼！完全沒有提示，怎麼可能在這麼大的水池中找到……」

小結忍不住洩氣地說。

「太壯觀了！」

爸爸再次大聲叫了起來。

這時，大家才終於發現，讓爸爸感動不已的……似乎並不是眼前

這片景象。

「什麼壯觀？」

小匠狐疑地問，順著爸爸的視線看了過去。

爸爸目不轉睛地注視著潮入池岸邊附近的水面，眼鏡後方的雙眼都亮了起來。

爸爸注視的水面上有許多細小的、像白色紙屑的東西。像保麗龍發泡粒一樣圓圓的白色小點，在水面上漂浮。

「那是什麼？」

媽媽問爸爸。爸爸專心地看著那些白點，心不在焉地回答說：

「我剛才不是說了嗎？是海菖蒲的雄花，海菖蒲是水鱉科海菖蒲的海草，海菖蒲是雌雄異株，只有在夏季大潮時授粉的珍奇植物，而且是透過水面作為媒介這種特殊的方法授粉，通常被認為是向鹽藻和泰來草這些水中媒介發展的進化過程。能夠親眼目睹海菖蒲的授粉，

簡直就像在做夢。」

小結和媽媽、小匠緩緩地互看了一眼，用力嘆著氣，很受不了地說：「完了……，爸爸現在滿腦子都想著海菖蒲。」

小匠聽了小結的話，也點了點頭說：

「要趕快讓爸爸清醒過來，否則他會忘了海御前王的手臂。」

「不可能，」媽媽一臉難過地說，「一旦爸爸進入這種狀態，就很難把他從植物的世界拉出來……」

「你們到底在說什麼？」

幸乃困惑地問。

「我們家的爸爸是植物學家。」

媽媽一臉為難的表情向她說明，「一旦看到珍奇的植物，就會忘了其他事……。這次他似乎被名叫海菖蒲的海草吸引了。」

守屋經理也順著爸爸熱切的視線看了過去，歪著頭說：

「……這的確是海菖蒲，但是太奇怪了，潮入池的海菖蒲開花季節通常會更晚……」

但是，已經完全沉浸在植物世界裡的爸爸，完全聽不到任何人的話。

「看！你們看！」

爸爸開心地指著潮入池的水面。

「水裡不是到處都可以看到好像三根手指的小手嗎？那就是海菖蒲的雌花，海菖蒲的雌花很聰明，雖然沒有人告訴它們，但它們很清楚大潮那一天退潮的時間和海面的深度，然後會長到海面的高度，開花等待授粉。退潮時，露出水面的雌花會盛開在水面之上。你們看，就是現在盛開的那些花。因為現在正是大潮日子退潮的時間。

雌花開花後，水中袋子的無數雄花就會配合時機浮在海面。這些小白點都是雄花，雌花會捕捉這些浮在海面上流動的雄花。

這些看起來像三根手指的花瓣上有皺褶狀的溝，會把雄花吸入那裡。漲潮時，捕捉到雄花的雌花就會沉入海底，闔起花瓣。」

幸乃一臉茫然，媽媽小聲對她說：

「妳不必介意，我家爸爸只是在跟自己說話……」

「這麼多雌花同時開花，簡直太難得一見了，簡直就像是海菖蒲的花田。」

爸爸獨自興奮地說不停。

「那裡有一朵花特別大，花瓣……咦？有五片花瓣。怎麼可能有這種事！竟然有五片花瓣的海菖蒲？喂，等一下！那不是海菖蒲的花！」

爸爸似乎終於從夢中清醒，雙眼離開了水面，看著在場的所有人。

「那是什麼？睡蓮嗎？」

小結意興闌珊地問。

「那不是海菖蒲的花，妳看不出來嗎？」

爸爸驚訝地看著小結。

爸爸用力吸了一口氣，再次環顧所有人後說：

「那個……似乎就是我們苦苦尋找的海御前王的手臂。」

11 時間的彼岸

之後發生的事就像時間快轉般令人眼花撩亂。

爸爸捲起褲管，在所有人茫然的注視下，嘩嘩嘩地走進潮入池的淺灘，把大家在找的東西從一片海菖蒲中撿了回來。

岸邊的人看到爸爸手上的東西時，全都發出了驚叫聲。那的確就是河童的手臂。

那條手臂的皮膚是帶著一抹茶色的綠色，青筋暴露，看起來很硬，但是既沒有乾枯，也沒有腐爛，是如假包換的河童手臂。張開的

手掌看起來白白的，五根長手指之間有薄膜般的蹼，被砍下的傷口很光滑。

「太好了！找到了！哇哈哈哈哈！」守屋經理大叫起來，小結和其他人都嚇了一跳。

經理從爸爸手上接過河童的手臂，舉到空中，在岸邊跳起了舞。

「這下子終於可以完成約定！我們終於可以離開這座小島了！」

守屋經理樂不可支。

雖然是已經退潮的淺灘，但長了海菖蒲的岸邊水深還是超過爸爸的膝蓋，爸爸的長褲滴著水，對大家說：

「夜叉丸舅舅不是在八月十日住在這座島上嗎？那時候應該碰上大潮的日子，因為每個月滿月的日子就會有大潮。

舅舅在八月十日從海岬丟進海裡的手臂隨著潮流，進入了洞窟的海灣，最後被沖到潮入池，浮在淺灘。」

爸爸停頓了一下，看著經理說：

「您剛才說，往年潮入池的海菖蒲沒有這麼早開花，請問通常是在幾月開花？」

「呃，這個嘛……，通常會在更熱的季節，在盛夏季節時，這裡就會開滿海菖蒲的花。……差不多八月的時候……」

爸爸聽了經理的回答，心滿意足地點了點頭。

「看吧，和我想的一樣。夜叉丸舅舅入住的八月大潮的日子，這個潮入池開滿了海菖蒲的花。退潮的時候，水面上都是張開花瓣的雌花，想要捕捉雄花。開始漲潮時，雌花就闔起花瓣，把黏在花瓣上的雄花包了起來，然後沉入水中。當時海菖蒲的雌花八成也一起抓住了海御前王的手臂，拉進了水底。沉入水中的雌花纏在根部固定，避免被海浪沖走，才能孕育種子，所以被拽入水中的海御前王的手臂也被纏在了海菖蒲的根部，直到今天才浮出水面……」

「好神奇的花……」

媽媽看著水面嘀咕，爸爸滿面笑容地附和說：

「對啊，海菖蒲的確是很神奇的植物！」

「但是……」小匠開了口，「為什麼往年都是八月開的花，今年會在五月開花呢？如果今天海菖蒲沒有開花，我們搞不好就沒辦法找到海御前王的手臂。」

「是不是因為地球暖化的關係？」

小結微微歪著頭問，經理面帶笑容，靜靜地說：

「從七百年前的那一天開始，這座小島就受到約定的巨大力量影響。你們今天來到這座島上，海菖蒲在今天開花，也許都是很久很久以前就已經決定的事。我有這種感覺。」

巨大的雲終於遮住了太陽，天色暗了下來。

「好的，趕快回去飯店，要下雨了。」

經理說完，從西裝口袋裡拿出紫色的小方綢巾，小心翼翼地把海御前王的手臂包了起來，然後輕輕捧在手上。

經理最先走進洞窟，爸爸和小匠牽著小萌的手，跟在經理身後。幸乃也走進了岩石縫隙，留在岸邊的媽媽輕輕戳了戳小結的肩膀。小結在洞窟的入口停下腳步。

「怎麼了？」

「妳看那裡……」

媽媽的視線看向可以俯視潮入池的山上，就是神社後院的角落。小結他們昨天站在那裡看潮入池。

那裡有一個人影。

「咦……？是誰呢？」小結定睛細看時，山上的人影似乎發現有人在看她，慌忙離開了欄杆前。

「是巫女，神社事務所的巫女。」

「喔……原來是她……」

小結點頭回答時，腦海中閃過了火花。

「啊！」

山上的巫女身影，和另一個模糊的輪廓在小結的腦海中重疊。

「……她……她……她原來是守屋經理的女兒！舊報紙照片上的那個人就是她！」

媽媽默默點了點頭。

難怪看到那張照片時，就覺得好像在哪裡見過她，原來是這個原因……小結心想。不，不光是看到照片的時候，昨天見到那個巫女時，就有一種似曾相識的感覺。小結發現自己在巫女親切的笑容中，看到了守屋經理的笑容。他們父女某些角度很像。

「喂！妳們在磨蹭什麼！」

爸爸在洞窟的另一頭叫著她們。媽媽和小結急忙走過岩石縫隙，跟上大家的腳步。

穿越隧道，來到海灣，看到守屋經理雙手拿著包著河童手臂的小方綢巾，對著大海高高舉起。

海上的河童發出歡喜的叫聲。牠們不再只是嘀嘀咕咕輕聲呢喃，而是發出像海鳥般響亮的聲音，大聲歡呼著。

咻噢、咻噢、咻噢噢！

咻噢、咻噢、咻噢噢！

河童發出歡呼聲，在水裡又蹦又跳，像海豚般高高跳起，然後又嘩嘩地跳進水中，在海面上濺起無數白色水花。因為這些河童都反覆跳躍著，所以眼前的大海看起來好像變成了白色。

河童歡天喜地慶祝了一陣子後，漸漸遠離海岸，消失在大海的遠方。

「河童回家了嗎？」

雖然小萌沒有特別對誰發問，守屋經理卻笑著回答說：

「牠們去通知海御前王，手臂已經找到了……。今天晚上漲潮時，當海浪超越蠟燭岩……。那時候，河童就會回來，這次會帶著海御前王一起回來。」

走上通往展望台的坡道時，小萌已經累了，央求著爸爸揹她，然後趴在爸爸的背上昏昏欲睡。走到坡道上方，站在展望台前方的下坡路段，就可以看到飯店。厚實的烏雲已經籠罩了飯店的上空。

「奶奶……不知道醒了沒有……」

幸乃幽幽地說，經理笑了笑說：

「大家應該差不多都醒了。」

「你眞的下藥讓其他客人都睡覺？」

爸爸帶著些微責備的眼神看著守屋經理說：「如果你這麼做，他們一定會抗議，無論是宮田先生，還是安福夫婦，都不會善罷甘休……」

經理露出了愉悦的笑容。

「沒有人會覺得被下藥了，他們醒來時，都會感到神清氣爽。而且當他們醒過來時，會徹底忘記自己來這座島上的目的，會忘得一乾二淨。」

「這是怎麼回事？」

幸乃不安地問。

「沒事，完全不需要擔心。有一種草藥，具有稀奇的藥效，但是不會對健康產生不良影響，所以請放心。」

「什麼稀奇的藥效成分？」

植物學家的爸爸忍不住追問。經理露出神祕的笑容，看著爸爸說：

「你們一定不相信，雖然草藥含有袪熱，消除疼痛的成分很常見，但是這種草藥煎煮後，只要少量服用，就可以消除慾望的根源。」

「慾望的根源？」

爸爸忍不住問，其他人都面面相覷。經理平靜地點了點頭說：

「沒錯，也可以說是執著，總之，就是可以消除慾望和執著的根源，完完全全、徹徹底底。」

「那會怎麼樣？」小匠問。

「以這次的情況，宮田先生和同行的後藤先生會完全忘記想要報導有關長生不老獨家新聞的念頭，安福夫婦也會忘記他們原本想要獲得長生不老的能力。幸乃的奶奶對長生不老的執著也會消失。

簡單地說，他們目前最執著的『長生不老』這幾個關鍵字，會從他們的內心消失，與之相關的人魚傳說、跟我這個人相關的祕密，這些記憶……就只有這些事都會忘光光，就只是這樣而已，不會有其他任何問題。」

「綾綾……，我奶奶並沒有對長生不老執著，只是我希望她可以活下去……」

幸乃喃喃地說。爸爸露出沉思的眼神注視著經理說：

「但是……你這樣擅自消除別人慾望的根源，會不會太霸道了？」

經理看著一臉嚴肅的爸爸，忍不住呵呵笑了起來。

「他們很快又會產生不同的慾望，人類不都是這樣嗎？即使有一個慾望消失了，還會持續出現一個接著一個的慾望。」

「那我就不追問那是什麼藥草了。」

爸爸靜靜地說完，對經理笑了笑。

「一旦使用不當，看起來會造成嚴重的後果，不是我可以應付的……」

媽媽用經理聽不到的聲音小聲對小結和小匠低聲說：

「我猜想應該和長在狐狸山上的『遺忘草』是相同種類的草，精準定位後，只消除人類記憶中的某個部分……」

「啊……」幸乃突然叫了起來。

當他們來到別館轉角處時，看到綾乃奶奶站在銀波樓玄關外的身影。她可能發現孫女不見了，所以出來找人。

「綾綾！」

幸乃叫了一聲，筆直跑向玄關，把其他人留在原地。

「綾綾？」

小匠一臉錯愕地看著幸乃跑遠的身影。

守屋經理也停下腳步，目不轉睛地注視著幸乃跑向玄關的身影。

「為什麼藥草對幸乃小姐無效？我也對她下藥了。」

經理微微歪著頭，小聲嘀咕著。

然後，經理向小結他們鞠了一躬說：

「那我就先告辭了……。謝謝您協助找到了海御前王的手臂，真的太感謝了。」

說完，他若無其事地緩緩走向本館的方向。

媽媽鬆了一口氣，對爸爸說：

「真搞不懂守屋經理到底是好人還是壞人。」

爸爸也點了點頭說：

「是啊，他活了八百年，可能活在超越我們常識的感覺中……」

幸乃跑到玄關，緊緊抱著綾乃奶奶，好像相隔了幾十年，終於又重逢了。

小結聽到了幸乃說的話。

「綾綾，對不起，對不起。並沒有人魚的手臂，真希望妳可以吃到人魚的肉，我無論如何，都希望妳也吃到人魚的肉……」

幸乃真可憐……。她那麼努力尋找海御前王的手臂，沒想到不是人魚的手臂，而是河童的手臂……

小結這麼想著，突然感到有哪裡不對勁。

咦？「希望妳也吃到」是什麼意思？

在爸爸背上打了一個大呵欠的小萌醒過來說：「我肚子餓了。」

「我想在吃午餐前，先去把這條溼答答的褲子換掉。」爸爸說。

「啊喲，下雨了，最好趕快回房間。」

媽媽抬頭看著天空說。

小結也甩了甩頭，甩開了腦海中的想法，準備邁開步伐。

「小匠，我們走吧。」

小結拍了拍茫然地站在那望著玄關的小匠肩膀。

小匠猛然抬起頭，好像從夢中醒來般眨了眨眼睛。

「我剛才……看到了很莫名其妙的東西。」

聽完小匠的話，小結慌忙看向玄關的方向，幸乃和她的奶奶已經不見了。

「什麼？什麼莫名其妙？在哪裡？你看到什麼？」

「不是啦……，雖然看到……看到了……反正我看到了啦。」

「啊？」

小結驚訝地看著弟弟的臉，走向別館方向的爸爸和媽媽也停下腳步，驚訝地轉頭看著小匠。

信田家的人立刻領悟到小匠說的話是什麼意思，他說的「看到了」，是他的「時光眼」看到了某些東西。時光眼是小匠從狐狸家族繼承的能力，擁有時光眼的人，能夠超越時空，看到過去和未來，只不過小匠的能力目前還在開發中……所以很不穩定，也無法控制，和他本人的希望或是要求無關，那些畫面就突然出現在他眼前，讓他束手無策。

「你的時光眼看到了什麼，對嗎？」

小結問小匠，小匠並沒有點頭，而是說出自己看到的景象。

「……我想那應該不是未來，而是以前的事。……好像是戰爭期間，海邊的某個城鎮……。是日本的某個城鎮。起初看到海港上方一片紅色的天空，我以為是夕陽，沒想到並不是，是整個城鎮燒起來了。我聽到警報聲，火星亂竄，許多人逃向和大海相反的方向。……就是在學校看的電影中出現的那種包著防空頭巾的人……。

有兩個年輕女生牽著手一起逃命，她們跑過我面前。穿著白襯衫和……呃，那個叫什麼名字，就是很久以前的那種褲子……對了！是紮腳褲，她們穿著紮腳褲，包著防空頭巾……。其中一個人絆倒時，跑在前面的另一個人停下腳步，轉過頭。」

小匠說話時，雙眼瞪得越來越大，好像正在看那一幕。

「那個人就是幸乃。」

其他人都大吃一驚，紛紛互看著。小匠繼續說了下去。

「『妳還好嗎？趕快！快跑！』幸乃說，跌倒的那個人『嗯』了一聲站起來時，我看到了她的臉——」

小匠用力吸了一口氣，環顧所有人說：

「但是……很奇怪，另一個人……也是幸乃。」

「什麼？！」

小結驚叫起來。

「什麼意思？太莫名其妙了！兩個人都是幸乃嗎？」

「所以我才說很莫名其妙啊。」

小匠生氣地反駁小結。

「為什麼會有兩個幸乃同時出現在戰爭期間海邊的某個小城鎮？不是很奇怪嗎？」

「很奇怪啊，因為很奇怪，所以我才覺得莫名其妙啊。」

小結和小匠爭執起來，爸爸和媽媽互看了一眼後，媽媽語氣困惑地問爸爸：

「雙胞胎？」

爸爸也靜靜地對媽媽說：

「我想應該是這樣。」

「什麼？」

小結和小匠抬頭看著爸爸和媽媽，媽媽先開了口。

「如果她們兩個人是雙胞胎，這樣想就很合理了。幸乃和綾乃的名字，還有幸乃叫綾乃『綾綾』，以及她們感情很好……。她們看起來不像是祖孫，更像是感情很好的姊妹。」

「雙胞胎……為什麼？幸乃和綾乃的年紀又不一樣……」

小結在說話的同時，發現自己找到了答案。這次是爸爸接替媽媽開口回答。

「經理剛才不是納悶，為什麼藥草無法對幸乃發揮作用嗎？當時爸爸就注意到經理在懷疑幸乃。……總之，他懷疑幸乃也吃了人魚的肉。」

「什麼！幸乃也吃了人魚肉嗎？」

小匠驚叫起來。媽媽立刻發出噓聲制止小匠，然後說了起來。

「之前不是說了嗎？吃了人魚肉，具有長生不老能力的人，即使被刀砍，或是挨子彈，還有吃下毒藥，都不會死。傷口會馬上癒合，也會消除毒藥的威力。經理今天讓大家吃了可以消除記憶的安眠藥，只有在幸乃身上無法發揮作用，是因為幸乃的身體是可以排除這種東西的體質不是嗎？所以經理才會懷疑，幸乃也吃了人魚肉。」

「但是……她什麼時候吃的？又是怎麼吃到的？」

「這我就不知道了。」媽媽說。

「只不過她可能並不是像守屋經理和他女兒那樣，在好幾百年前吃的，而是在戰爭的時候，在某個地方吃了人魚肉。因為在那之前，幸乃和綾乃以相同的速度成長……。在那個時候只有幸乃吃了人魚肉，所以之後綾乃慢慢變老，但幸乃不再變老，一直維持著吃了人魚肉時的二十一歲。

小匠，你看到的景象，不是在日本的某個海邊城鎮嗎？八成是在戰爭期間，食物缺乏的時代，幸乃因為某種因緣際會，不小心吃了從海裡撈起的人魚肉。」

小結內心想起了幸乃剛才說的話。

希望妳也吃到人魚的肉……。

那是吃了人魚肉的幸乃悲傷的願望。對不會老去、不會死去的幸乃來說，雙胞胎姊妹的綾乃死去之後，就等於她要獨自活在這個世界……。所以，幸乃才會拼了命想要得到人魚的手臂。

滴答、滴答，天空下起了雨。溫熱的海風吹動了飯店後山的蒲葵樹葉。

「我們回房間吧。」

爸爸說完，邁開了步伐。小結在雨中回頭看向銀波樓的玄關，想起幸乃剛才在那裡緊緊抱著綾乃奶奶，不由得感到有點難過和悲傷。

遠處傳來了轟隆隆的雷鳴聲。

12

暴風雨過後

那天下了一整天的雨，天色暗了之後，雨下得更大了。小結他們無法去海灘，只能在房間內打撲克牌，然後泡了好幾次澡，熬過了下午的時間。

他們早早下樓來到大廳，準備去吃晚餐，其他客人可能也無所事事，幾乎所有人都聚集在餐廳內。

安福太太看著下不停的雨，嘀嘀咕咕發著牢騷。

「搞不懂當初為什麼要來這種鳥不生蛋的小島，完全沒有可以觀

光的景點，也沒有可以好好逛街的地方，飯店內甚至沒有卡拉ＯＫ……，而且還下雨，根本沒有任何優點。」

「既然飯店免費招待我們，就沒什麼好抱怨了，而且妳不是很開心地說這裡的餐點很美味嗎？」

宮田和後藤兩個人心情愉快地喝著生啤酒。

「偶爾放下工作，悠哉悠哉地泡泡露天溫泉也不錯……。我都忘了有多少年不是因為採訪，純粹是觀光出門旅行了。」阿宮說，向來沉默寡言的後藤也紅著臉，笑著附和。

「真是不好意思還讓你邀請我一起來。如果不是有這種機會，恐怕一輩子都住不起這麼高級的飯店。」

小結悄悄偷聽了幾句他們的談話，在心裡想道。

大家真的都忘得一乾二淨了，把來這座小島的目的，以及人魚手臂的事，還有長生不老的傳說都忘光光了。

幸乃和綾乃奶奶有說有笑地坐在小結他們後方的餐桌旁吃晚餐，不時把臉湊在一起說話，不時發出呵呵的笑聲。小結並沒有豎起順風耳偷聽她們說話，只是在內心默默為幸乃祈禱。

希望她們能夠長長久久在一起。

結果最終，在餐廳內並沒有看到內內阿姨，小結他們吃完晚餐後，就回到了自己房間。

隨著夜越來越深，雨更大，風更強了，彷彿暴風雨籠罩了整座小島。

全家人都鑽進了鋪成一排的被子，在關燈之前，爸爸注視著窗外露台後方的黑夜，幽幽地說：

「不知道海浪有沒有超越蠟燭岩。」

那天晚上，小結的確聽到了河童的聲音。她在半夢半醒之間聽到河童在狂風暴雨中，發出那個好像海鳥般咻噢、咻噢的聲音，忍不住想：**啊啊，河童在歡慶……，現在海浪一定已經超越了蠟燭岩。**

那天晚上，小結做了一個夢。明亮的滿月掛在暴風雨過後的夜空中發光，皎潔的月光照亮了碼頭的棧橋，有兩個人影站在棧橋上。

從人影的輪廓判斷，是經理和他的女兒巫女。閃閃發亮的銀色海浪沖刷著棧橋的橋樁。

許多黑色的腦袋浮在海浪之間。因為距離太遠，無法看清楚臉部，但是小結知道，那些是河童的腦袋。月光下，牠們平平的頭頂不時反射著亮光，在銀色海浪之間浮浮沉沉，圍在棧橋周圍。牠們沒有濺起任何水沫，全都閉嘴不語，黑暗的海上靜悄悄的，好像在等待什麼。

黑暗中只聽到海浪的聲音，這時，站在棧橋前端的巫女高舉雙手，伸向大海的方向。她的手上捧著海御前王的手臂，巫女用嚴肅的聲音高聲說道：

「我們根據古老的約定，今夜歸還海主的手臂。乘浪而來者，請在風平浪靜的夜色中，收下這約定的手臂。」

巫女說完後，把手臂從棧橋丟向大海。手臂勾勒出巨大的弧度，緩緩地飛向空中，河童同時伸出了雙手。

海御前王的手臂落在那群河童的正中央，牠們穩穩地接住了手臂。

這時，有什麼東西在海上縱身一躍。

啊！小結在夢中倒吸了一口氣。神祕的東西在皎潔的月光下，從大海的波浪之間高高躍起，濺起銀色的浪花，然後又潛入海浪之間。

是海御前王嗎？

當她這麼想的時候，那個東西再次高高躍起，月光清晰地襯托出優美的輪廓。

咦？小結再次倒吸了一口氣。

那個消失在海浪中，濺起無數銀色水沫的輪廓，有像魚一樣的尾巴和尾鰭。

為什麼會有尾巴？**河童大王的海御前王……海御前王……難道是人魚**？

當她閃過這個念頭時，就醒了過來。

「好奇怪的夢……」

小結悄悄坐了起來。因為夢境太清晰，她完全清醒了。她偷偷鑽出被子，以免吵醒其他人，然後光著腳，躡手躡腳地走去露台。暴風雨已經停了，但風仍然很強勁，深灰色的雲拖著長長的尾巴，飄浮在黎明前透著微光的天空中。腳下的露台被雨水打得溼溼涼涼，伸向海面的棧橋上沒有人影。

剛才的景象真的是夢嗎？小結注視著打向棧橋的海浪，忍不住這麼想，然後用力甩了甩腦袋，甩開腦海中揮之不去的幻影，在海風中又說了一次：

「好奇怪的夢……」

吃完早餐，等待渡船期間，小結一家人最後一次去海灘散步。天空萬里無雲，難以想像昨天的狂風暴雨，還不到中午，陽光就烤熱了空氣。昨晚的暴風雨把各式各樣的東西都吹到了海灘上。

有單隻的拖鞋、褪色的黃色圓形浮標、綁了紅色緞帶的草帽，還有寫了外國文字的保特瓶……。

小結一家人走在沙灘上，觀察著暴風雨帶來的戰利品時，有兩個人走向他們。

幸乃最先走到他們面前。幸乃獨自來到海灘上，筆直來到他們面前後停下腳步，用力吸了一口氣後開口。

「呃……我想在離開之前，向你們說聲對不起。……昨天我說了謊，騙你們去了洞窟的海灣，對不起。因為我原本想趁經理不備，爭取時間，從你們口中問出人魚手臂的下落。因為我認為經理在懷疑你們，所以才覺得一定是你們偷走了人魚的手臂……。……對不起。」

爸爸和媽媽看到幸乃鞠躬道歉，驚訝地互看了一眼。

「不，這沒什麼。」爸爸說，「不過，妳竟然知道在大潮退潮的時候，海灣的洞窟內會出現可以通往潮入池的路。」

「這是我上次來這座小島時聽經理說的，因為我覺得只要說這件事，就可以把你們拐去洞窟的海灣……。真的很抱歉。」

「不不不，我才應該謝謝妳。多虧了妳帶我們去海灣，我才能親眼目睹海菖蒲授粉的瞬間。」

這時，另一個人出現在海灘上。他就是守屋經理。

「我看到幾位在這裡散步……」守屋經理打了招呼後，笑著對大家說：「我有一件事要向各位報告。」

守屋經理有點得意，又有點心滿意足地挺起胸膛開了口。

「昨天晚上，海浪終於超越了蠟燭岩的頂端。拜各位所賜，我們完成了和海御前王的約定，我們按照約定，把手臂還給海御前王了。」

「那眞是太好了。」

爸爸看起來是發自內心開心地說。

「恭喜你們。」媽媽也面帶笑容，其他人也都紛紛對守屋經理說「恭喜」，幸乃也小聲地說：「恭喜你。」

「所以你們現在已經可以離開這座小島了嗎？」

守屋經理聽了爸爸的問題後，點了點頭說：

「託各位的福，我和我女兒終於自由了。我們打算先花半年的時間，去世界各地走一走。」

「眞羨慕你可以和女兒兩個人一起去環遊世界。」媽媽說。

守屋經理露出幸福的笑容，抬頭看著藍天說：

「今天的天氣眞不錯，難以想像昨晚的狂風暴雨。碼頭的渡船將按照原定計劃，在十點準時出航，在那之前，請好好享受島上散步的時光。」

小結眺望著晴朗的天空和大海，想到就要回家了，忍不住感到有點遺憾。

「可惜我們無緣看著夕陽下的大海，在露天溫泉泡澡。」

守屋經理聽到小結說的話，立刻轉頭看著他們，然後壓低聲音說：

「我之前沒有告訴你們，這座洞江島從很久很久以前，就是異類聚集的小島。不知道為什麼，不同於人類的、和人類世界格格不入的，都會來到這座島上。」

小結一家人目瞪口呆，守屋經理露出神祕的微笑，點了點頭。

「歡迎你們隨時來玩。雖然我們會暫時出門一陣子，但這家飯店會繼續經營。如果是幾位的話，我竭誠歡迎。只要和我聯絡，我就會為你們安排渡船。歡迎隨時來這個異類聚集的南方小島——」

爸爸和媽媽還來不及說話，守屋經理就笑了笑，深深鞠了躬，再次轉身走去飯店的方向。

但是，走了兩、三步後，經理又再次停下腳步，轉過身來。

「……還有另一件事……」

經理的雙眼目不轉睛地看著幸乃。

「或許是我多嘴……」經理對幸乃說：「請不要再找無謂的東西，是時候住手了。我相信妳應該已經知道了，每個人都有註定的命運，妳有妳的命運，綾乃奶奶有綾乃奶奶的命運。生命不能用長度來衡量，請妳不要強迫別人接受妳的命運。」

幸乃咬著嘴唇，一動也不動地聽著守屋經理說話。

12 暴風雨過後

「如果妳變得孤單一人，遇到困難時，歡迎妳來銀波樓，我們會敬候妳的蒞臨。我相信妳一定可以跟我女兒成為好朋友。我女兒名叫小華。請妳記得我說的話。再會了，期待我們再見面的那一天——」

所有人都默默目送著守屋經理走在沙灘上遠去的背影。

「好奇特的人……」媽媽說。

「畢竟他活了八百年。」爸爸說完，輕輕聳了聳肩。

到了出航的時間，盛夏的烈日照在整座小島上，從棧橋上船的客人中，唯獨不見內內阿姨的身影。根據經理所言，因為票卷上的作業疏失，不小心為內野預約了明天的班機，所以她要在島上多住一天。她的去程和回程，都因為作業疏失，沒有和其他人一起行動，聽起來就有問題，但似乎並沒有人關心這件事，大家都七嘴八舌地聊著天，走上了渡船。

當小結他們準備上船時，一隻深色的虎斑貓出現在棧橋角落。

「啊！貓咪！貓咪來了！」

小萌眼尖地發現了，指著貓叫了起來。守屋經理笑著說明：

「這是我家的貓，客人離開時，牠都會來棧橋送客人，牠似乎認為那是自己的工作。」

「牠叫什麼名字？」小萌問。

「牠叫千子。」

「千子、千子，再見！」

小萌一邊向貓咪揮手，一邊牽著媽媽的手上了船。島上的這隻貓目不轉睛地看著接連從棧橋

走上渡船的人。

不一會兒，渡船離開了棧橋。隨著引擎發出的聲音，渡船乘風破浪，在湛藍的南方海面上航行。

小匠終於又可以打電動了，他立刻再次沉浸在液晶螢幕的世界中。小萌專心地看著小匠玩遊戲，爸爸抱著雙臂，開始打瞌睡。

小結和媽媽來到甲板上，凝望著漸漸遠去的小島。

渡船經過防波堤旁，從海灣來到外海時，仍然可以看到經理和他的貓千子站在陽光下的棧橋上。

「那隻貓可能會變身……」

媽媽突然這麼說，小結嚇了一跳。

「啊？妳剛才說什麼？」

「就是那隻名叫千子的貓。我現在想起了守屋經理之前說的話，他不是說，把人魚肉放進罈子裡就忘了，然後有一天，女兒用人魚肉餵了她養的貓……」

「啊？……啊！原來是這樣……，所以那隻貓也吃了人魚肉！」

「八成是這樣。」媽媽點了點頭。

「所以那隻貓也活了八百年嗎！」

「我猜是這樣。」

小結和媽媽互看了一眼，媽媽又繼續說道：

「守屋經理不是說那隻貓是『我家的貓』嗎？那隻貓名叫千子。『我家的千子』這幾個字的發音……和『千鶴子』很相似。」

「啊！」小結再次驚叫起來，「咦？咦？所以、所以是那隻貓變身成內內阿姨嗎？」

「我雖然沒有證據，但覺得很可疑。貓啊……活了八百年，當然會有變身能力。如果牠眞的是八百歲的貓……。而且，妳最初走進飯店大廳時，不是曾經說，好像有不是人類的某種東西混進來……」

「啊！對了！嗯！沒錯！但是那時候順風耳出了點問題，我以為自己搞錯了，但我的確感受到某種東西的動靜，不是人類。啊！而且在我的耳朵恢復正常後，就沒有再遇見內內阿姨！所以我才沒有發現！」

渡船上已經看不到棧橋了，遼闊大海上的小島越來越遠。媽媽在海風中靜靜地說：

「那是異類聚集的小島。那座小島召喚、吸引了在人類的世界格格不入的異類。」

小結一直注視著地平線，直到洞江島變成一個小黑點，然後再被藍色大海吞噬。

只有一次，有什麼巨大的東西在船邊跳了起來，濺起無數水花，但巨大的身影立刻沉入海浪深處，看不到了。

那是海豚嗎？還是海御前王來向小結他們道別？

已經看不到洞江島了，這座小島浮現在這片汪洋大海的某個地方，這件事好像是一場夢。

「我們還可以再來嗎？」

小結在風中小聲嘀咕。

「一定可以。」

媽媽在白色陽光下笑了笑說：「因為那座島是吸引異類的島嶼……」

小結和媽媽在海風中抬起頭，注視著遠方，小島已經消失在地平線上。

一望無際的藍色大海，似乎在金色海浪下隱藏了好幾個祕密，在耀眼的陽光下打著盹兒。

後記

終於完成了信田家的第五個故事，首先，我鬆了一口氣。這次的故事舞台從大家所熟悉的信田家公寓，轉移到遙遠的南方島嶼，所以我認為算是完成了一個帶有懸疑色彩、充滿異國情調的有趣故事。如果可以，希望各位能夠喝著冰涼的熱帶飲料，盡情享受這個故事……當然喝熱熱的日本茶也完全沒有問題。

不瞞各位，我很久之前就在醞釀『信田家全家出門旅行，在旅途中被捲入離奇的事』這樣的故事。對我來**說**，旅行就是『大海』，所以我也有預感會是一個有關大海的故事。至於為什麼『旅行=大海』，是因為在我小時候，我家每年暑假結束前，都有全家一起去和歌山縣一個小城鎮旅行的慣例。我們會在那裡的國民宿舍住一個星期。每天從早到晚，都去旅館後方的海灣游泳，是我最大的快樂。

這次信田家故事的舞台是設定在比和歌山縣更南方的地方，雖然那是沖繩南海上的孤島，可是海邊的露天溫泉、可以聽到海浪聲音的飯店房間，還有泡完澡吃冰淇淋等等，這些在故事中提及的旅行樂事，我發覺，都源自我童年時代的記憶。

將故事的舞台設定在南方島嶼，讓我遇到了很多困難。衷心感謝大宜見優子小姐教我島嶼方言，才能寫出故事中的人物台詞，因為大宜見小姐的協助，故事中的人物才能夠更有真實感，在故事中成為有血有肉、活生生的人。

同時，也很感謝富安俊先生指導我海洋方面的知識，瞭解潮水的漲潮和退潮機制，以及有特異習性的水中植物。在北海道廳擔任水產普及員的他，也是我的親弟弟。

最後要感謝大庭賢哉先生，謝謝大庭先生每次都畫出精彩的插圖。

在各位的協助下，我又完成了一部《人狐一家親》的故事。

敬請期待下一部作品！

富安陽子

國家圖書館出版品預行編目資料

人狐一家親5 時光彼岸的人魚島 / 富安陽子著；
大庭賢哉繪；王蘊潔譯. －－ 初版. －－ 臺中
市：晨星出版有限公司，2023.10
面；　公分. －－（蘋果文庫；150）
譯自：シノダ！時のかなたの人魚の島
ISBN 978-626-320-507-9（平裝）

861.596　　112008948

填回函，送Ecoupon

蘋果文庫 150
人狐一家親 5 時光彼岸的人魚島
シノダ！時のかなたの人魚の島

作者	富安陽子
繪者	大庭賢哉
譯者	王蘊潔
編輯	呂曉婕
文字編輯	呂昀慶
文字校潤	呂昀慶、蔡雅莉、呂曉婕
封面設計	鐘文君
美術編輯	黃偵瑜
創辦人	陳銘民
發行所	晨星出版有限公司 台中市 407 工業區 30 路 1 號 TEL:(04)23595820　FAX:(04)23550581 E-mail:service@morningstar.com.tw https://star.morningstar.com.tw 行政院新聞局局版台業字第 2500 號
法律顧問	陳思成律師
初版日期	西元 2023 年 10 月 15 日
讀者服務專線	TEL:（02）23672044 /（04）23595819#212
讀者傳真專線	FAX:（02）23635741 /（04）23595493
讀者專用信箱	service@morningstar.com.tw
網路書店	https://www.morningstar.com.tw
郵政劃撥	15060393（知己圖書股份有限公司）
印刷	上好印刷股份有限公司

定價 300 **元**
ISBN 978-626-320-507-9